ホイットマンに響き合う

ホイットマン論攷集

諸坂成利

大空社出版

長谷川潔「一樹（ニレの木）」（表紙絵）について

それは、今次大戦中のことだった。ある朝、私は、いつもと同じように籠を手に、画題に使えるような、なにか変った草、石ころはないかと、パリの近郊に散歩に出た。戦争が始まっても帰国せずにフランスに留まったままの私は、そのためにひじょうなる物心両面の苦労を日々かさねていたころのことだった。そこで、その朝も、遠くの雲を眺めたりしながら、いつも通る道を歩いていったのだったが、不意に、一本のある樹木が、燦然たる光を放って私に語りかけてきた。「ボン・ジュール！」と。私も「ボン・ジュール！」と答えた。するとその樹が、じつに素晴らしいものに見えてきたのである……

いつも通る道の、いつも見る樹が、ある日ある時間、そのように語りかけてきたのだ。立ちどまって、私はその樹をじっと見つめた。そして、よく見ると、その樹が人間の目鼻だちと同じように**意味**をもっていることに気づいた。土中の諸要素が、多少のちがいだけで、他と異なるそのような顔をつくりあげたものであろう。しかし、人間とは友であり、上でも下でもないこと、要するに万物は同じだと、気づかされたのであった。

ラジオの受信機にしても、出来の良し悪しはあろうとも、ともかく調節すれば音が聞こえてくる。それと同じように、波長を合わせることによって聞こえてくる万物の声というものがあるのだ。

そのとき以来、私の絵は変った。

長谷川潔『白昼に神を視る』（長谷川仁＋竹本忠雄＋魚津章夫編、白水社、平成三年、八頁、強調は原文のまま）

アンヌ・ケフェレックの言葉

シューベルト作曲　ピアノ・ソナタ　変ロ長調　Ｄ九百六十
ベートーヴェン作曲　ピアノ・ソナタ　第三十二番　ハ短調

「この二曲を弾くのは『今だ』と感じたのです。

数年前からそう自分に言い聞かせて準備をしてきました。

死ぬ前に、一人のピアニストとしてこの二曲を**体の一部にしなくては**と。

二人の作曲家がたどり着いた『音楽の旅路』を私も共に歩きたいと強く思ったのです。」


「アンヌ・ケフェレック　ピアノ・リサイタル」二〇二三年二月二日放送、ＮＨＫテレビ『クラシック倶楽部』字幕翻訳より、強調は著者

緒　言

本書は、アメリカ文学を代表する詩人ウォルト・ホイットマンの文学の本質を明らかにしようとした論攷集である。ホイットマンを本格的に扱った著作としては、京都大学名誉教授・前日本ホイットマン協会会長・田中礼（ひろし）先生（一九三二―二〇一九）による『ウォルト・ホイットマンの世界』（南雲堂、二〇〇五）を最後に、ここ二十年近く、我が国においては著作物の出版はなかった。もちろん研究論文は研究者たちによって書かれてきたが、それをまとめて世に問うという行為はなかったのである。これはホイットマン研究にとって悲しむべき現実であった、と同時に筆者は、世界的に見ても、ホイットマンについての研究が、通常展開されている研究によって、はたして進歩しているのかどうかについても疑問を持っている。

そもそも文学研究とは何であろうか。筆者は十九歳、早稲田大学の学部の学生のときに、日本比較文学会への入会を許され、毎月八丁堀の勤労福祉会館で開催されていた東京支部月例会に参加するようになった。その時の違和感を今でも忘れることはできない。そこで展開されていることは、「文学」についての調査、最近私が発見した言葉を使えば「外在的」研究に過ぎなかった。

私が学会に求めたもの、大学院に求めたもの、研究に求めたものとは、《感動》であり、学会で「文学」と見做されているもののなかには、それを見出すことはできなかった。「皆さん、何をしているのか。そんな研究のどこがおもしろいのか」という違和感は、その時以来、いわゆる「学会」というものに接して、研究発表などを聞くたびに覚えるものである。

私にとって文学とは芸術であり、感動するものであり、楽しみを与えてくれるものである。私にとって研究とは、作品を内在的に理解することであり、作品の周囲を嗅ぎまわり、作品について調べることではない。作品〈について〉研究するのではなく、作品〈を〉研究するべきである。この、私が四十年前に感じた違和感は、その後研究を続けていくと、もちろん私だけが感じた違和感ではなく、そこにはある系譜があり、順不同でそれらを羅列すると、ベルグソン、小林秀雄、ボルヘス、ポオ、フッサール、エラスムス、本居宣長、伊藤仁斎、といった人々が、私の「仲間」であることがわかった。彼らは皆、外在的な学問と闘った人々であり、直観と想像力の人々である。

人文科学研究、殊に文学研究における外在性と内在性については、これまで誰も指摘したものがなく、本書における成果は、フェルディナン・ド・ソシュールが発案したシニフィアンとシニフィエに匹敵する重要性を持っている。文学研究が内在的であるべきだという本書の主張は、必ず将来、文学史的に評価されると考える（書かれたものは将来すべてデータ化され、ＡＩが評価するようになるだろう）。筆者は英語、フランス語、スペイン語、ギリシャ語、ラテン語、サンスクリットを一応解するが、それらの語学的知識がなければ、本書は書き得なかった。

田中礼先生は、日本ホイットマン協会全国大会の挨拶の際に、しばしば協会は「小なりといえども……」という言葉を使われた。そのあとには、歴史と伝統のある偉大な協会である、というようなことをいつも述べていたと思うが、そこは定かではない。ただ「小なりといえども」という言葉だけは今も耳底にある。本書も、「小なりといえども」真の意味での研究、真の意味での学問的達成に関しては、自負するところである。執筆十六年、本書には筆者四十年の研究人生が反映され、筆者の研究者としての本質（研究テーマは持っているが、この《本質》を持たない研究者がほとんどではないかと考えるが）が語られている。

目 次

ボルヘスとホイットマン

アルゼンチンの作家・詩人ホルヘ・ルイス・ボルヘス Jorge Luis Borges（一八九九―一九八六）の一般的イメージは、彼の本の帯、あるいは blurb（元は G. Burgess の造語であるが）等に散見されるように、「文学の極北」、「作家のための作家」等であり、ホイットマン的なものではない。またボルヘスの、知的な、言語遊戯的なその文学とともに親近性をもって語られるのは、ナボコフやベケット等であり、これらもホイットマン的な作家ではない。ボルヘスのモチーフは、図書館、鏡、分身、チェス等であり、これらもまたホイットマンを想起させるには遠い存在である。しかしボルヘス本人にとって、実はホイットマンは、崇拝すべき唯一絶対の詩人であった。この謎を解明しようとするのがここでの目的である。

まずボルヘス本人の証言を引用する。

It was also in Geneva that I first met Walt Whitman, through a German translation by Johannes Schlaf ("Als ich in Alabama meinen Morgengang machte"—"As I have walk'd in Alabama my morning walk"). Of course, I was struck by the absurdity of reading an American poet in German, so I ordered a copy of “Leaves of Grass” from London. I remember it still—bound in green. For a time, I thought of Whitman not only as a great poet but as the only poet. In fact, I thought that all poets the world over had been merely leading up to Whitman until 1855, and that not to imitate him was a proof of ignorance. This feeling had already come over me with Carlyle’s prose, which is now unbearable to me, and with the poetry of Swinburne. These were phases I went through. Later on, I was to go through similar experiences of being overwhelmed by some particular writer.

これは、一九七〇年九月十九日の*New Yorker*に英語で発表された、ボルヘスの“Autobiographical Notes”からの引用である。これは、牛島信明訳『ボルヘスとわたし　自撰短編集』（新潮社、一九七四年）所収の「自伝風エッセー」で日本語でも読めるが、執筆当時ボルヘスは七十一歳、すでに世界的な作家であり、*New Yorker*は多額の原稿料をボルヘスに支払ったと考えられる。ここでボルヘスは、ホイットマンを、単に偉大な詩人と思っただけでなく、唯一の詩人と見なしていたこと、そして一八五五年までの、世界のあらゆる詩人はホイットマンに包摂されてしまっていること、したがって彼を模倣しないのは無知の証明以外の何物でもない、とまで考えていたことを述べている。

二十世紀を代表する天才ボルヘスが、ホイットマンにこれだけの賞賛の言葉を与えていること、そしてホイットマンとは、天才に多大な影響を与えた大天才であることは、この段階ではまだ意外性の領域にとどまっている。ホイットマンの中にすべてがある、ジョン・ダンよりも、シェイクスピアよりも、ジョン・キーツよりも、サミュエル・テイラー・コールリッジよりも、ホイットマンのほうが上である、と、これは一般には、容易に理解できない性質の言表である。ホイットマンとは、本当に、それほどの詩人なのか。筆者は長年このことが理解できずにいたわけであるが、ただ四十年以上もボルヘスを読み続けてきて、彼がいたずらに人を惑わす発言をする人でないことは良く分かっている。ボルヘスは常に直截に語り、その直截ゆえに誤解を招くことはあるが、全く出鱈目を語る人ではない。ボルヘスがそう書いたのであれば、彼は確かにそう考えていたのであるし、読者はそう読めばよいのである。

繰り返すが、ボルヘスの文学は、鏡や分身、無限や言語、形而上学、一言で言えば一昔前のフランス現代思想に近い世界である。ジャック・デリダやミシェル・フーコーの多くの本には、ボルヘスからの引用が多々あり、なかでもフーコーの大著『言葉と物』が、ボルヘスの圧倒的な影響下に書かれたことは多くの人の知るところである。この点からも、彼らが全く引用しなかったと思われるホイットマンとは、ボルヘスは全く異なると考えられる。

ではなぜ、ボルヘスはホイットマンを賞賛したのだろうか。もちろん十九世紀末から、二十世紀初頭にかけての、それ以前とは打って変わって世界的レヴェルで展開されたホイットマン熱、ホイットマン崇拝の影響、時代の影響を、ボルヘスが受けていたことは充分考えられる。ちなみに一九一〇年に初演されたヴォーン＝ウィリアムズの交響曲第一番、『海の交響曲』は、ホイットマンの四つの詩を歌詞に使用している。ヴォーン＝ウィリアムズとホイットマンとの出会いは、ケンブリッジの学部の友人であったバートランド・ラッセルが、ヴォーン＝ウィリアムズにホイットマンのことを教えたからであるが、それ以降ヴォーン＝ウィリアムズはホイットマンにのめり込んでいき、この交響曲を書くわけであるが、この曲に象徴されるように、ホイットマンの明るい部分、すなわちある仕方での理想的な民主主義、スケールの大きさ、のびやかさ、といったものが、世紀末から二十世紀初頭の不安定な時代に、ある種の安定感を、閉塞感に対する開放感をもたらし、そういったホイットマンの側面が世界的に受容されたのだと考えることは自然である。日本における受容も、おおむねそういった傾向にあったと考えられるが、しかしボルヘスはホイットマンに、全く別のものを読み取った、それをここでは考察することにする。というのも、ボルヘスにはその「明るい」部分は見い出し得ないからである。

　では、ボルヘスは、ホイットマンに何を読み取ったのか。ある仕方での結論を先に述べれば、それは世界の、宇宙の、存在の仕組みにかかわるものである。先ず、ボルヘスが感動した「アラバマで朝の散歩をした時に」という詩を観察する。これは、「ポーマノクをあとにして」“Starting from Paumanok”の十一番目の詩である。

As I have walk'd in Alabama my morning walk,
I have seen where the she-bird the mocking-bird sat on her nest in the briers hatching her brood.

I have seen the he-bird also,
I have paus'd to hear him near at hand inflating his throat and joyfully singing.

And while I paus'd it came to me that what he really sang for was not there only,
Nor for his mate nor himself only, nor all sent back by the echoes,
But subtle, clandestine away beyond,
A charge transmitted and gift occult for those being born.[1]

朝散歩をしていると、いつも見かける「ものまね鳥」mockingbird のメスが雛をかえしている。そしてその横ではオスが、のどを膨らませて、自分の子どもが生まれるので、楽しそうにさえずっている。それを見た瞬間、ホイットマンは、そのさえずりが、メスのためでも、そのオス鳥のためでもなく、またエコーが聞こえてきて、それをものまねするからでもなく、subtle, clandestine, away beyond, すなわち、非常に微妙な、秘密の、人には分からない、そしてこの場と away、すなわち無関係な、そして超越して存在している A charge transmitted に向けて歌っているのだ、とホイットマンは書いている。おそらくボルヘスは、最初この部分をドイツ語で読んで何かを感じ、そのあと英語で読んで、非常に、すっきりと、感動して、放心状態になったのではないだろうか。そして筆者もこの箇所に感動して、多少、放心状態になり、ホイットマンのこれまでのイメージを完全に変更せざるを得なくなったのである。

このA chargeとは何か。岩波文庫訳ではこれは「訓戒」と訳されているが、これでは全く意味が分からない。ものまね鳥のオスが、喜びに満ちてさえずっているのに、なぜ「訓戒」なのか。なぜ、「訓戒」と、この状況が関係あるのか。そうではなく、筆者は、この鳥のさえずりは、ある根源的なchargeと結びついている、そう考えた方が妥当ではないかと考える。chargeとは、「充電」がそうであるように、蓄えられた力、蓄えられて存在する力の状態を意味する。それで無理なく解釈できるのではないか。またtransmittedは、電気とか熱とか、目に見えないものを伝えることを意味するわけで、したがって、このA charge transmittedとは、ある精神的なエネルギーが運ばれて、移動して、あるところに蓄えられること、目には見えないが、どこかに蓄積されていることと意味していると考えられる。宇宙内のエネルギーが失われないならば、親の、子どもが生まれる喜びも、失われず、どこかにあるはずである。ある《点》を想定すれば、私たち人間や、ものまね鳥の感情も、すべてそこに集まり、チャージされる、という発想である。空爆で子どもを殺された母の悲しみも、友人を失った悲しみ、子供が生まれた喜びなども、そこに、時空を超えて集まってくる。これは、英語では、A charge transmittedと表現し得るものに他ならない。そしてそれは、あることを理解する人間にとっては、良きもの、良き悟りであり、giftであって、《プレゼント》として現前する。ホイットマンは、一方では、見えるもの、見たもの、を羅列して詩を書くが、一方では、transmit されるものを書いている点は指摘されてよいことである。端的に言って、筆者はここでホイットマンが、ある宇宙論、宇宙に対する彼の思想を述べていると考える。

現代の宇宙論では、宇宙は十のマイナス三十三乗メートルという、一個のウイルスのように極めて小さな物体が、今から百数十億年前に爆発して、現在の宇宙となっている、いわゆるビッグバンであるが、この宇宙は、やがてまたビッグ・クランチという極小状態に戻ると考えられている。この地球も、五十億年後には存在しない。そしてさらに百数十億年後には、すべては再び十のマイナス三十三乗メートルという極めて小さな物体になってしまう。諸行無常をこれほど雄弁に語るものはないと筆者は考えるが、すべての喜怒哀楽、というよりも人類だけでなく全存在が、この A charge transmited、宇宙のこの一点に収斂していくのである。そこでは再びすべてがまたそこで出逢うことになる。ホイットマンが "Starting from Paumanok" の 6 で述べるように霊魂が不滅であれば（"The soul,/Forever and forever....."）、そこしか行くところがなく宇宙の外に《外出》できないのであれば、それは仕方のないことである。この認識は、すべてを受け入れ、全存在を愛することに通じるものでもある。すべての喜びや悲しみは、transmit されて、charge されて、そこにある。ホイットマンには、実はその《点》が見えていたのではないか。ホイットマンには、「私は見た、何々を」というのがえんえんと綴られる詩がある。このスタイルは有名なので、例を挙げるのは不要と考えるが、この列挙はすべて、A charge transmited の中身を描写したものとは考えられないだろうか。このようにA charge transmittedを考えれば、ボルヘスがホイットマンに何を読んだのかを考えることは極めて容易な作業となる。ボルヘスがホイットマンに見たもの、それは象徴的な形で一言で述べれば、《プリズム》に他ならない。ホイットマンの描くカタログは、ひとつの光源から発せられた光が、ホイットマンという《プリズム》の中に一度チャージされて、それを通して分光されたもの、スペクトルに分かたれたものの列挙、羅列に他ならない。そしてこの本質を、ボルヘスが受け継ぐことになったのである。ホイットマンの継承者としてのボルヘスが最も良く現れているのが、「エル・アレフ」というボルヘスの有名な短編であろう。これは牛島訳前掲書所収の翻訳から引用する。

十九段目の踏板の裏面の右方に、わたしは目眩いばかりに輝いている玉虫色の球体を見た。初めのうち、球体自体が旋回しているものとばかり思っていたが、やがてその運動は球体内で展開されている、さまざまな眩惑的光景の織りなす幻覚であることがわかった。アレフの直径はおそらく二、三センチメートルにすぎなかったが、そこに全宇宙が、縮小されることもなく、そっくりそのまま包含されていた。個々の事物（たとえば鏡の表面）はそれ自体無限であった、というのは、わたしはそれを宇宙のあらゆる地点からはっきり見ていたからである。わたしは芋を洗うような海水浴場を見た。曙光（しょこう）と夕日を見た。合衆国の群衆を見た。黒いピラミッドの中央で白金色に輝く蜘蛛の巣を見た。壊れた迷宮を見たが、それはロンドンであった。まるで鏡をのぞきこむように、自身の姿を見ようとしてわたしをのぞいている無数の目を間近に見た。この世のありとある鏡を見たが、どこにもわたしは映っていなかった。ソレル街（ブエノスアイレスの市街）に面した民家の裏庭が、三十年前フライ・ベントス（ウルグワイ、リオ・ネグロ州の都市）の、とある家の玄関で見たのと同じ舗石（ほせき）によって敷かれているのに気づいた。山をなすぶどうの房、白雪、タバコ、鉱脈、水蒸気を見た。赤道直下のなだらかに隆起する砂漠とその砂の一粒一粒を見た。インヴァネス（イギリス、スコットランド北部の都市）においては決して忘れえぬ一人の女を、彼女の振り乱した髪を、驕慢（きょうまん）ではあるが魅惑的な姿態を、そしてその乳房に影を落とす癌細胞を見た。

「……を見た」は、この後一ページ以上にわたって列挙されているので省略するが、アレフとは引用にあるように、直径二、三センチメートルの小さな球体であるが、それは宇宙そのものであり、その中には宇宙のすべてがあり、それを見るものは瞬時に、すべてを見ることができる。そしてこのアレフの所有者カルロス・アルヘンティーノは、このアレフを使って、ホイットマンのような詩を書いている、というのが、この短編の設定なのであるが、カルロス・アルヘンティーノとは《ホイットマン》に他ならず、このアレフとは、A charge transmitted に他ならず、このアレフもまた《プリズム》に他ならない。ボルヘスもホイットマンも、いわばすべてを映し出す、この《プリズム》を覗き込んだ人々なのである。

この引用のあとに、アレフを見たあとで街に出ると、アレフの中ですべてをすでに見ているので、街行く人の、どの顔も、馴染みのある顔に見えた、とあるが、ホイットマンの民主主義、ホイットマンの喜びとは、まさにこういうものではないだろうか。すべての人が友人であり、愛すべき存在であり、すべての建物、鉄道、塔、山、湖、などと自己同一性を結ぶのである。実際にアレフを見なくとも、それを想定し想像するだけで、優れた直観を有する者であればそれは得られるのである（そして自由、平等、博愛の秘密結社、フリーメーソンのシンボル、ピラミッドのなかの目は、もしかすると《プリズム》のなかの目、すべてを見るアレフの目とも考えられる）。

ボルヘスがホイットマンを最高に崇拝していたのは、十代後半から二十代にかけてであるが（もちろんボルヘスのホイットマンに対する尊敬は生涯続いたと考えられる。ボルヘスは七十歳の時に、『草の葉』のスペイン語による抄訳詩集を、おそらく私家版で出版している。私は数年前にイタリア書房経由でそれを入手したが、大きな箱に入った、活字も大きな、表紙も印刷されていない大型本である）、ボルヘスが二十一歳のときに作っていた壁雑誌、たった二号で終わってしまった壁雑誌のタイトルが『プリズム』であったという点は決して偶然とは考えられない。この《プリズム》こそが、ボルヘスとホイットマンをつなぐ重要な、太い線である。ボルヘスはホイットマンから、A chargeを、《プリズム》を学んだ。《プリズム》をホイットマンから学んでいなければ、ボルヘスはボルヘスたり得なかったのである。

さて、《プリズム》といえば、実はわが国でも、山村暮鳥（一八八四―一九二四）によってその本質が把握されている。したがってこの《プリズム》とは、二十世紀初頭において、ある種の人々を惹きつけた芸術的思潮を代表するものであり、そしてそれはホイットマン存命中は、有島武郎が書いているように認められなかったある認識方法でもあったのである。《プリズム》は実は、ある種の美感、審美的要素を超越して、仏教的（ボルヘスにおいては）、あるいはキリスト教的（山村暮鳥においては）認識、というよりも、悟り、あるいは啓示の瞬間をもたらすものとなった。山村暮鳥においてそれが分かるのは、彼が『聖三陵玻璃』（すなわち「神聖なプリズム」という意味）という詩集を出版していることからである。

この詩集は、詩の配列が、まさにプリズムを意識して作られており、詩集のちょうど真ん中にA futur「ア・フトゥール」というタイトルの、大きな散文詩があり、これが《プリズム》の機能を果たしていると考えられる。これを中心に、前後に（あるいは左右に、と言うべきだろうか）詩が配列されているという作りである。全体の分析は、長い論考を要請するだろうが、ここでは『聖三陵玻璃』の冒頭の「囈語（げいご）」という詩を引用し、これも一種の《プリズム》である点だけを指摘すれば充分であると考える。『山村暮鳥全集』第一巻（筑摩書房、一九八九、六十六頁）より引用する。

囈語

竊盗金魚
強盗喇叭

恐喝胡弓
賭博ねこ
詐欺更紗
流職天鵞絨(びらうど)
姦淫林檎
傷害雲雀(ひばり)
殺人ちゆりつぷ
堕胎陰影
騒擾ゆき
放火まるめろ
誘拐かすてえら。

この詩に関する合理的な解釈は未見であるが、ただ一目瞭然なのは、詩の行の、最初の漢字二字熟語が、すべて犯罪に関する用語で出来ているということである（このタイトルの手法は、おそらく椎名林檎に影響を与えている。彼女のネーミング、つまり「勝訴ストリップ」「無罪モラトリアム」などは、この「囈語」そのものである。もしかすると「椎名林檎」という名もこの詩の「姦淫林檎」から採られているのかもしれない）。この犯罪用語をひとつに束ね、ひとつのcharge、ひとつの光、ひとつの光源となせば、その下に来る言葉たちはそこから分光したスペクトル、世界に実在する諸々の要素たちであり、世界の根源に根本的な《悪》が存在すること、原罪があること、そして《光源・プリズム・スペクトル》は三位一体をなし、キリスト教的世界がここで構築されることになる。その根源的な《悪》から、目に見える形で存在する（したがって《見える》には《悪》が、ある種の《欺き》が内在していることになる）森羅万象すべてのもの、金魚やラッパ、猫や林檎が生まれている。そのような、すべての生成の根源を、山村暮鳥は考えたのではないだろうか。とすれば、この詩もまた《ホイットマン》に他ならない。最初の漢字二字熟語が、ホイットマンにおける、目に見えないA chargeであり、それ以下の金魚やラッパは、「私は見た、何を」の目的語にあたるプリズムのスペクトルの部分、目に見える部分に該当する。目に見えない根源的な《窃盗》は、神聖な《プリズム》を通って、目に見える形での「この」《金魚》になる。これが『聖三陵玻璃』という《プリズム》のなかで生起している文学的事実である。トマス・アクィナスが、『神学大全』のなかで述べた世界の起源としての《第一作動因》、これはビッグバンであるとも解釈可能であるが、これが原罪、おおもとの《悪》であるという山村暮鳥の理解なのではないか。山村暮鳥は未来派の影響を強く受けたが、このイタリアの未来派も、ドイツ表現主義も、パリのダダイスムも、そしてボルヘスも参加していたスペインのウルトライスモも、これらすべては第一次世界大戦前後の価値観の崩壊、それによる精神不安、虚無主義を背景に生まれたものであるが、このエントロピーの増大、秩序破壊、その解決に《プリズム》が、ホイットマンが世界的に一役かったことは、山村暮鳥、ボルヘス、ヴォーン＝ウィリアムズの諸作品を並べてみれば、確実に言い得ることであると考える。ホイットマンは、「目に見えるもの」ではなく、本質的には「目に見えないもの」を見ようとした詩人であった。このユダヤ教的要素から、山村暮鳥はおのれのキリスト教的要素を補強し、ボルヘスはヘブライの神秘主義、あるいは仏教を読み取った、というのが、あまりにも簡略的ではあるが、おおよその図式である。また《プリズム》と言えば、ニュートンもまた科学者でありながら、目に見えないものに関心を寄せていた。光、重力、磁力、引力、など、ニュートンの領域はいずれも目に見えないものばかりである。松山寿一の『ニュートンとカント』（晃洋書房、一九九七）によれば、『プリンキピア』はニュートン的ではない特異な作品であるとのことであるが、筆者はこの意見に賛同する。この《プリズム》を考えるとき、ニュートンはホイットマンのごとく、ホイットマンはボルヘスのごとく、ボルヘスは山村暮鳥のごとく思われることは如何ともしがたいのである。

ある、すがすがしい朝、散歩をしていると、メスの、ものまね鳥の横で、オスがのどを膨らませて鳴いている。それはホイットマンには、喜びの表現とうつった。そして、それは、それだけではなく、ある charge、ある蓄え、失われることなく蓄積される、あるエネルギーの方に向かっている。その言い換えに、ホイットマンは gift occult という言葉を使用している。これは、ライプニッツが、ニュートンの重力論を批判したある書簡、ハルトゼーカーへ宛てた書簡の中で使用した言葉、une qualité occulte（すなわち「隠れた質」、occult quality、目に見えないクオリティー）という言葉を想起させる。ライプニッツは、重力などは、隠れたクオリティーに過ぎないと批判している（松山、前掲書）。しかしホイットマンのgift occultをライプニッツに対する反論、ニュートンの擁護、と解釈し、ライプニッツの逆手をとって、クオリティーをgiftに言い換えてみせたホイットマンというものを夢想することは、私たちを、ボルヘスが理解したであろうホイットマンの本質に近づけることになるだろう。この言い換え、une qualité occulteからgift occultへの言い換えは、見えないchargeを、神の、現前する《プレゼント》として、神の贈与として、すべての命、すべての目に見える存在を受け取るホイットマンの、神に対する感謝の宣言のように響くのである。[2] 科学に毒された人間の目には見えないが、世界を信じ、宇宙に親しみ、宇宙のすべての存在を愛している自分にはちゃんと見えていることを主張するための、これは言い換えなのだ、と考えることは、学問的、科学的、実証主義的な精神には反するが、それらに反して筆者は、この解釈にとどまり、この解釈の誘惑に屈したいと考える。この解釈に比べれば、実証主義などは遥かに浅薄なものに過ぎない。これは伝達や分析を拒否する《経験》なのである。もちろん、ホイットマンは、ライプニッツの書簡を読むほど勉強家ではなかったと考えられるが、隠れた、目に見えないこの《贈与》は、このホイットマンの詩の読解に強烈な鋭さを与え、文学的な、単なるpoemというよりも、むしろ宇宙の真理の表現のように、ニュートンの科学の到達点のように思われてくるのである。そしてボルヘスは、そこを読んだ、と筆者は考えている。

テニスンは、*Flower in the crannied wall* という詩の中で、一本の花の意味が本当に分かれば、神の、宇宙の、人間の意味が分かるだろうと述べた。

Flower in the crannied wall

Flower in the crannied wall,
I pluck you out of the crannies,
I hold you here, root and all, in my hand,
Little flower but if I could understand
What you are, root and all, and all in all,
I should know what God and man is.[3]

壁の裂け目に咲く花よ、
裂け目から私は、おまえを摘んで、
ここに、私の手に、花から根までも、おまえのすべてを持つ
小さな花よ、しかし——もし、私が、おまえとは何なのか
花から根から、おまえのすべてを理解することができるのならば、
私は神とは何か、人間とは何かを知ることができるだろうに。

拙訳を付したが、これはDNAから、その元の生物が構築できるような話である。カントが言うように、人間には宇宙の全的認識は不可能である。この不可能性は、有島武郎『生まれ出づる悩み』の漁師の画家である木本の言葉「もったいないくらい、そこいらに素晴らしいいいものがあるんだが、力がたんねえです」にも表現されている。木本にとっては、一本の花の意味が分かるとは、その花が描けることに他ならない。そしてその花を描くとは、花を養った大地を、太陽を、宇宙を、すべての存在を、描くことに他ならないのである。存在の大いなる連鎖から切り離され、解放されている存在など、宇宙の中にひとつもない。したがって、一本の花といえども、それは換喩的にすべてを映し出している《プリズム》であり、アレフであり、**A charge transmitted** に他ならない。しかし通常の人間には、力が足りないためにそれが分からない。これについては、ボルヘスの「神の書跡」からの次の引用を参照したい。このボルヘスの引用は、木本の言葉の最良の解説となっていると考える。

人間の言語においてさえ、全宇宙を包含しない命題はないと私はつくづく思った。例えば《虎》と言うことは、それを生み出した虎たちを、虎がむさぼった鹿と亀とを、鹿を養った牧草を、牧草の母である大地を、大地に光を与えた天空を意味するのだ、と。[4]

有島の『生まれ出づる悩み』には、他にもホイットマンを想起させる箇所が多々あるのみならず、この、ほとんど「空想」で書かれている小説は、ホイットマンの詩の、この those being born 生まれ出づるものたちの、ひとつの charge を、有島の直観と想像力で見えるかたちにした小説なのである。一例を『生まれ出づる悩み』から引用する。

> 「誰も気も付かず注意も払わない地球の隅っこで、尊い一つの魂が母体を破り出ようとして苦しんでいる」私はそう思ったのだ。そう思うとこの地球というものが急により美しいものに感じられたのだ。そう感ずると何んとなく涙ぐんでしまったのだ。

これはホイットマンである。ホイットマン以外の何ものでもない。そしてこの引用により、すでにホイットマンの A charge transmitted は説明を尽くしたと考える。

最後に、ホイットマンは、いかなる科学者よりも先に、宇宙のビッグバンを発見した、と言える。ホイットマンの A charge transmitted から、ボルヘスの思想、すなわち、チャージの方が、ビッグバンの方が本物であって、われわれは皆、影に過ぎない、他者の夢に過ぎない――あるいは書かれたいっさいのものは、地球の消滅と共に失われるだろうが、ビッグバンの瞬間にすべてが書かれていたとも言える、人はそのチャージされたものを分担して書き、そして生きているに過ぎない――これはマラルメ（「世界は一冊の美しい書物」、これは一八九一年に、新聞「エコ・ド・パリ」の文芸担当記者ジュール・ユレの質問に答えて語ったと言われ、一八九五年に雑誌「白色評論」に掲載した「書物、精神の楽器」という評論のなかで、「この世界において、すべては一巻の書物に帰着するために存在する」と書いている）にもディドロ（「宇宙においてはすべてが結び合わされている」、一七四五年の『真価と徳に関する試論』を参照）にも、またエマソンにもポール・ヴァレリー（これらについては、ボルヘスの『異端審問』所収の「コウルリッジの花」を参照。エマソンについては一八四四年の「唯名論者とリアリスト」に出てくる、すべての文学作品はすべてを見聞きする「一人の紳士（ジェントルマン）」の作品であるように思われる、という文章に依っているが、ボルヘスはこの文章について、あるインタビューに答えて、「紳士（ジェントルマン）」という言葉は、ここで美しく使われている、と述べている）にも観察できる思想であるが（ついでに述べれば、これは『ポールとヴィルジニー』の一節にもこれは観察できる）、そういったボルヘスの思想は、最初にホイットマンから与えられたものである、ということは、考え得る諸理由から、確かに言い得ると考える。

もちろんボルヘスはその後、仏教やヘブライの神秘思想に近づき、これを深めていくが、十代のボルヘスの、ホイットマン経験は、やはり決定的であり重要であった。[6] これはボルヘス本人の告白通りである。ホイットマンが一行も書かなければ、ボルヘスはボルヘスとして大成しておらず、そうであるならば筆者も別の人生を歩んでいたと思うと、大いなる《文学》の、そして存在の連鎖に思いを馳せる以外にはないのである。

注

1 Walt Whitman, *Leaves of Grass and Other Writings*, Norton Critical Edition, 2002, 20, なお本書におけるホイットマンの詩の引用はすべてこの本からの引用である。

2 有島武郎もホイットマンのこの部分を読んだものと考えられる。したがって彼は次の言葉を残さずにはいられない。「彼れは草の語るのを聞き木の歩むのを見た。而して自然と人類と自己といふものと全く融合した。彼れの指す方に人類は歩む。彼れの叫び聲に自然は答へる。見給へ、念々刻々向上してやむ時なく發展し行く人の群の勇ましい歩み、永世を暗示して、人の耳には餘りに高い歌を奏でながら、私等を圍む無際の自然、それがホイットマンその人だ。」（「ホイットマンの一断面」、『有島武郎全集』第七巻、昭和五十五年、五十二頁）草が語り、木が歩む。道元『正法眼蔵』、「山水経」には「山が歩く」とあり、これは『荘子』に、《万物斉同》に、そしてボルヘスの短編、殊に「記憶の人フネス」に通じるものである。有島は、この見地からも、実によくホイットマンをつかんでいたと思われる。そしてそのことから筆者は、ホイットマン理解のために、道元を、荘子を、ボルヘスを読む必要があるとここで述べたいと思う。

3 Alfred Lord Tennyson, *Selected Poems*, ed. and with an Intro. and notes by Christopher Ricks, Penguin Books, 2007, 283

4 諸坂成利『虎の書跡——中島敦とボルヘス、あるいは換喩文学論』、水声社、二〇〇四、十八頁

5 有島武郎、『小さき者へ　生れ出づる悩み』、新潮文庫、新潮社、平成十八年、四十四頁

6 ボルヘスはホイットマンを模倣した詩さえ書いている。“Autobiographical Notes”から引用する。ボルヘスはここで、ホイットマンになろうと努めたことさえ告白しているのである。

The winter of 1919–20 we spent in Seville, where I saw my first poem into print. It was titled "Hymn to the Sea" and appeared in the magazine Grecia, in its issue of December 31, 1919. In the poem, I tried my hardest to be Walt Whitman:

O sea! O myth! O sun! O wide resting place!
I know why I love you. I know that we are both very old,
that we have known each other for centuries....
O Protean, I have been born of you—
both of us chained and wandering,
both of us hungering for stars,
both of us with hopes and disappointments...!

ホイットマン研究の可能性

（…）

ホイットマンにつきましては、「ボルヘスとホイットマン」に書いたことが私のすべてですので、付け加えることはありません。ボルヘスのおかげで、私はホイットマンを直観的にすでに掴んだ、と思っております。その時は「アラバマで朝の散歩をした時に」の分析をしたのですが、ある根源的な、目に見えないchargeとは何かを考えますと、小鳥の、オスがメスを思う思い、私たちの喜びや悲しみ、すべての生物のすべての精神的エネルギーが、宇宙のある一カ所にtransmitされて、そこにchargeされてあるという、その《場》をホイットマンが認識していることが明らかとなり、これがボルヘスとの比較でわかった時に、私はホイットマンという人は分かったと思いました。これは私の文学的経験ですので簡単に皆様にお伝えできませんが、私はこういった経験こそが、文学の本質的、中心的研究であると考えております。これはポオの「盗まれた手紙」に登場する探偵、オーギュスト・デュパンの方法です。ある大臣によって盗まれた手紙は、一番目につくところにあるにもかかわらず、警察にはそれが分かりません。デュパンは鋭い直観と想像力で、その大臣に《なる》ことで、この手紙を発見するのです。このように、調査しなくても分かってしまうことを、私は《探偵》的と呼んでおります。[1] 私はホイットマンを《探偵》的に把握しているのです。しかし文学研究には、こちらが主流ですが、作家・作品について調査する《警察》的方法があります。小林秀雄は、生涯を通じてこの《警察》的なるものを憎み、学者は皆馬鹿で、ただ何か調べているだけ、本質に全く触れないことをしている、どこかを掘って、それが縄文土器だと分かって、論文を書けば博士になれる、しかし縄文時代のことなど全く何も知らない、縄文時代の人々の生活など全く関心がない、そういうことに腹を立てておりました（小林秀雄『学生との対話』新潮社、参照）。小林秀雄が本居宣長に惹かれた理由は、宣長が《探偵》的であったからです。ご承知のように宣長は、『古事記』と三十五年付き合い、読めるはずのない『古事記』を直観と想像力で、あのように読めるようにした本当の学者であります。三十五年間、《警察》的、実証的研究をしても、この偉業は、成しえなかったでしょう。つまり今日流の、学界で主流の文学研究は、ニセモノなのです。宣長に、なぜ『古事記』が読めたのかといえば、それは相互主体性、つまり対象と長く向かい合い、直観と想像力で以心伝心の境地に達したからだと考えられます。本日はこの相互主体性の話が、一つの中心となりますが、私は本日、知的財産を放棄いたしますので、もしこれは、というものがございましたら、ご自由にすすめていただき、日本ホイットマン協会で活発に発表していただければと存じます。

まずホモセクシュアルの問題、ホイットマンのゲイ・マニフェスト「カラマス詩篇」について述べます。これは全部で三十九の詩から成っておりますが、大変複雑な構造を所持しております。この「カラマス」という言葉ですが、岩波文庫には、「菖蒲の一種だが、その根茎がホイットマンの詩では男性および男性同士の愛の象徴として用いられる」とありますが、これは大変回りくどい言い方です。インターネットで検索したカラマスの画像をご覧下さい（画像省略）。ご覧になれば一目瞭然です。トウモロコシのようにも見えますが、その想像力は、たちどころに私たちをフォークナーの『サンクチュアリ』、あのポパイの明確に書かれていないあの強姦へと私たちを導きます。自らの不能ゆえ、ポパイは、もうひとつのカラマス、トウモロコシで、女とあやしき夢を結ぶわけですが、健全なホイットマンはこのカラマス、男性の象徴を、男と男の関係の表現に使用しております。

　このカラマスは、ギリシャ神話の美少年、カラモスとカルポスから来ております。この二人の名前自体、おそらく作為的に、物語のために作られた名前、一種の分身、両者の同一性を保障するために作られた名前、といった感じがしますが、ある時二人が川で泳ぎを競っていると、カルポスが溺れて死んでしまい、カラモスは嘆き悲しんで葦になった、というのが物語なのですが、嘆き悲しんで葦ではなく石になった話は、世界中にいくつかあります。浄瑠璃の『生写朝顔話（しょううつしあさがおばなし）』、通称『朝顔日記』ですが、その「宿屋の段」に「夫の後を恋ひしたひ、石になったる松浦潟（まつらがた）、ひれふる山の悲しみも」とあり、これは女房が夫の船出を見送り、嘆き悲しんで石になる話です。

おそらくこの話から作られた落語の『派手彦』は、逆に女房を見送る夫が石になります。

このカラモスの物語で重要なことは、カラモスは葦になったのであって、菖蒲になったのではありません。どの本、どの辞書にもカラモスは reed であって、acorus、つまり菖蒲とは書かれていません。おそらくラテン語の時代になって、つまりカラモスがカラマスになった段階で、この男と男の物語が、ある仕方で想起されて、この形状を所持する菖蒲がカラマスと呼ばれるようになった、と推測します。このカラモスという意味を所持するようになりました。このカラモスというギリシャ語は、後にサンスクリットに入って、kalama となり、葦という意味と、ペンという意味を所持するようになりました。この言葉はさらにアラビア語に入り、qalam となって、もとの葦の意味は失われ、もっぱらペンの意味で使用されるようになります。そこからスワヒリ語に入った kalamu は、現在でもペンの意味で使用されております。

ペニスがペンであること、男性の象徴が《文字》を書く筆記用具とつながっていること、これには深遠な意味があります。プラトンは『パイドロス』の中で、この《文字》の否定を描いておりますが、男性原理と《文字》との結びつきは、《文字》の発見以降、人類がある種の《文字》による近代化を方向づけられたこと、そこでは男性中心原理が支配していたこと、ある仕方で《女性》的な、目に見えないものが抹殺されたこと、などと結びついております。

またカラマス＝「根茎」とはフランス語で rhizome であり、これはそのままジル・ドゥルーズとフェリックス・ガタリの用語としての《リゾーム》を想起させます。《リゾーム》の定義は、なかなか難しいのですが、一言でいえば、現代社会に潜む、無意識的に連携された、目に見えない組織、あるいは力であります。私たちが、いつのまにかほぼ全員、コンピュータやスマートフォンを所持するようになってしまったのは、この《リゾーム》の力によるものです。この、ドゥルーズ・ガタリの『リゾーム』という本は、一九七四年に出版され、当時日本でも話題となりましたが、現在は『千のプラトー』（河出書房新社、一九九四、原題：*Mille Plateaux*）という本に収められております。

実は、このドゥルーズ・ガタリの『リゾーム』に、ホイットマンについての言及があるのです。もちろんドゥルーズ・ガタリにホモセクシャルの読みはありません。しかしこれもリゾーム的に結びついているので、次の引用は大変面白く読みました。“*Elle pousse entre,* et parmi les autres choses.”（「草はあいだに生える、ほかのいろいろなものにはさまれて。」）これは『草の葉』を理解するために、本質的に重要な箇所です。もちろんドゥルーズ・ガタリに、ホイットマン批評の意図は全くありません。彼らはリゾームとの関連で、草について述べているだけです。しかし《草》が、雑草が、《間（あいだ）》に生えるものであること、何もしなくても自然に、コンクリートの隙間からでも生えてくるものであること、そうであるが故に、人間の意識には上らない、宇宙の、ある本質の象徴であることをここに読み取ることができます。ある《間（ま）》があれば、自然にそこに生えてくるもの、それが《草》なのです。《警察》、意識、文明、《近代》、そして地下鉄やビルディングなどは、その《草》を押さえつける、見えなくするものです。そしてその《間（ま）》を、《間（あいだ）》に生えるものを、見ようとすること、これこそが比較文学に他なりません。リゾームがそうなのですが、この《草》も、本来であれば目に見えない力であるものを、目に見える形であらわしたもの、目に見えないもののメタファーなのです。

デカルトは『哲学原理』の序文の中で、諸々の学問の《間》をつなぐのは形而上学であると述べておりますが、形而上学とは学問における《草》に他なりません。と同時に、真の比較文学も形而上学的なものにならざるを得ません。形而上学は無意識と深い関連性を所持するわけですが、私は、ホイットマンの《草の葉》とは、端的に言って《無意識》である、《無意識》の象徴であると考えております。意識的な部分は管理され、切り取られ、移植され、整理され、加工され、目に見えるのですが、管理され得ない部分、意識にのぼらない部分には、ほっておくと《草》がはえる。ホイットマンはその状況に、ある悟りを得、その力を見、その力に驚き、それを歌いたい、賞賛したいと考えた。それは《宇宙》の力です。ホイットマンの《民主主義》もその観点から理解されるべきです。

さてそれでは、具体的に、カラマス詩篇の冒頭の詩を見ます。“In Paths Untrodden”（原文テクスト省略）ですが、「前人未到の、まだ誰も足をふみいれたことのない小道において」、というのですが、おそらくこれはホイットマンだけに見える道なのかもしれません。この小さな、通常の、目には見えないかもしれない小さな道が、やがて大きな、タオイズムのタオ、大道に、大いなる悟りにつながっていく。そして“Escaped from the life that exhibits itself,”「生それ自身を示している生から逃れて」、この"Escaped"の主語は文脈から考えて、"I"「私」、となりますが、この意味は、それ自身示されている、目に見える人生、目に見える生から逃れて、ということですので、"the life"とは、私個人の、生命としての"life"ではなく、私に示されている"life"、私が生きている環境や風景、周りの人々をも含めた意味での、この人生、という意味です。そこから逃れることを示すこの一行は、メルヴィルの長編小説『ピエール』の主人公、目に見えるすべてのものを否定するピエールの独白のようにも響きますが、「示す」をあらわす単語が"show"ではなく、よりフォーマルな"exhibit"が使われているのは、大変効果的です。"exhibit"が使用されているせいで、目に見えるすべてのものが、本当に仮面であることが一気に伝わってくるような気がいたします。これはメルヴィルの重要なテーマです。また「私」が"Escape"するのは"life"からだけではありません。"all the standards hitherto publish'd"「これまでに"publish"されたすべての規範」からも「私」は逃亡します。そして本当の、真の規範はまだ"publish"されていないことが「私」に明らかとなります。"Clear to me now standards not yet publish'd"とある通りです。

通常であれば、ここで、メルヴィルの『ピエール』から引用して、ご説明を申しあげるところでありますが、本日はそれはやめることにいたします。と申しますのも、本日のタイトルは「ホイットマン研究の可能性」であり、私の目的は、皆様に可能性を与えることだからです。ただもうひとつだけメルヴィルから、この見えるものを否定するテクストをあげれば、やはり『白鯨』を忘れることはできません。

私がここで指摘したいことは何かと言えば、それは、この目に見えるものの否定、本質を見ようとする目が、ホモセクシャルと常に連動するかたちで、メルヴィル、ホイットマン、そしてジャン・ジュネのテクストに観察できることなのです。ご承知のようにメルヴィルの『白鯨』にはイシュメルとクィケグが同衾する場面をはじめ、多くのホモセクシャリティーを喚起する描写があります。イシュメルは、船乗りであるだけでなく、ある一面、世界の本質を見ようとする哲学者なのですが、それとは無関係に、ゲイであることと、世界の本質を見ようとすることには、私にはどうしても何か重要な関連があるような気がいたします。ゲイであることによって、通常の人生を別の見方で見る、通常の世界が仮面であることを知る可能性は高まるのかもしれません。

見えないものを見ること、すなわち《間(ま)》を見ること、《草》を見ることとは、仮面の下に本当の顔がある、箱の中に本当の箱がある、という入れ子構造を受け入れることに他なりません。目をあければ、exhibit されているものばかりですが、見たものを信じないで、その背後にあるものを見ようとすることは、入れ子構造としての世界認識に他なりません。ゲイであること、目に見えるものを否定すること、目に見えないものを見ようとすること、そしてこの意識の入れ子構造とは、つねにそれを否定すること、男性中心原理を否定すること、ペニスがペンであることと連動するひとつの動き、近代社会の背後で常に動いているアンチ近代の、《草》の力のようにも見えます。そしてホイットマン研究において、またメルヴィル研究においても、この文学的事実を指摘した研究は、おそらくないと考えられます。これについてはカラマス詩篇の三十番目の詩、"I Dream'd in a Dream"を想起してください。「夢の中で夢を見た」という、そのものずばりの入れ子構造の詩です。また"The Sleepers"は『草の葉』の初版から最後の版まで、三十七年の長きにわたって、『草の葉』の本質を表現し続けた詩ですが、そこに"I dream in my dream all the dreams of the other dreamers, And I become the other dreamers."という詩句を読むことができます。夢の中で、私は夢見る人のすべての夢を見た、そして私はすべての夢見る人となった、これは完全にボルヘスの世界、《アレフ》の中にすべてを見る、ボルヘスの世界です。もちろん、ひとつの夢の中にすべての夢を見たはずはないと、一般の読者はそう疑うでしょうが、それは科学によって狭められた精神でホイットマンを読むことです。私は、そう書いてあるのですから、そのままそう信じます。ホイットマンは、すべての夢見る人となったのです（これが信じられないのであれば、ホイットマンを読む資格がありません）。そして彼は、世界が、宇宙が、何かひとつのものの拡大・延長によってできていることを悟ったのです。私は私個人として生きているのではなく、祖先とつながって、一つの生命体のように生きているだけではなく、すべての人類、すべての生物、そして無機物も含めて、大いなる連鎖の中で生きている。その見地よりものを見れば、私も、この机も、この建物も、皆それほど違わない。というよりも、《同じ》なのです。荘子のいう「万物斉同」の境地です。実はこの発想はポオの『ユリイカ』にあります。一八七五年、ホイットマンがポオの再葬儀に参列した話が残っておりますが、この両者は一般には正反対の人物ですが、私は大いなる共通点で結ばれていると考えております。

さてこのホモセクシャルのもたらす入れ子構造ですが、単純に、男が男を愛するというのは、相手の男の中におのれを見出すことであり、そのことだけを見ても「入れ子構造」と言えます。男が女を愛する場合は、男は未知の領域に、いわば冒険に旅立つようなものです。男には女が分かりませんし、女も同様に男がわかりません。まさに異文化です。ジャック・ラカンも指摘しておりますが、男女関係には必ずどこか、ぎくしゃくしたところがあります。男同士には、それがありません。また、男の、愛の言葉が、時として女にとってはセクハラ発言であり、それで訴訟がおこるというのは、男にとっては、平和な住宅街でふいに虎に襲われるようなものです。ホモセクシャルには冒険はありません。この冒険のあった時代に、入れ子構造の文学は存在しなかった、この冒険が消滅して、入れ子構造の文学は、はじめて人々に理解されるようになった、感動をもって受け入れられるようになった、と私は考えております。男女の恋愛が可能であった時代、それがモダンであり、それが不可能となった時代がポストモダンであるという定義の仕方も、ホモセクシャルを考える上では有効であると考えます。つまり私は、この入れ子構造を単なる文学的構造として考えるのではなく、一種のエコノミー（「構造」、「論理」と訳される場合がありますが）として捉えたいと考えております。私たちが通常、エコノミーの論理から逃れられないように、入れ子構造からも逃れることができない、文学、美術、政治、経済、法律など、すべてのジャンルを覆う論理構造という意味でのエコノミーです。

ポストモダンの時代には、これはジャン＝フランソワ・リオタール（一九二四—一九九八）が『ポストモダンの条件』*La condition postmoderne*（1979）という本の中で述べておりますが、大きな物語から小さな物語への移行が観察できる、マルクス主義のような大きなイデオロギーは死滅してしまい、小さな、オルタナティヴなものに移行するというのですが、これも冒険の消滅を意味します。冒険が消滅した世界では、政治家は総理大臣にはなりたくありません。より小さな区議会議員になりたいのです。また、売っているビールを飲むのではなく、わざわざ東急ハンズでキットを買ってきて、自分でビールを作って飲みたい、醤油も味噌も、自分で作ってみたい、また、テレビに出ているアイドルを応援するのではなく、テレビに出ていない、下北沢のライブハウスで歌っているグループを応援したい、お弁当を作って持って行ってあげられるアイドル、手に触れられるアイドルを応援したい、そこでは《育てる》という言葉がキーワードになっていると思いますが、ポストモダンとは、そういうことです。

今、ホモセクシャルがひとつの入れ子構造を構築すると述べましたが、これは単なる入れ子構造ではありません。そこには主客の逆転、私があなたであり、あなたが私であるという逆転、つまり分身が生じるのです。そこには宗教的な要素もあります。そしてこの逆転は、もちろんホイットマンにも観察できます。すぐに思いつくのが、"To a Stranger" というホイットマンの詩です。この「見知らぬ人」は、私といっしょに食事をし、私と一緒に成人し、大人になり、常に私と一緒にいます。「あなた」とは「見知らぬ人」であると同時に、私自身なのです。私自身が「見知らぬ人」なのです。この問題は、たちどころにボルヘスの「ボルヘスと私」というテクスト[2]の固有名の問題に直結しますが、ホモセクシャルの人々には、自己認識の一つの形式として、このような認識がより強くあると考えます。また主客の逆転といえば、ジャン・ジュネをここで取り上げざるを得ません。

彼の、おそらくもっとも有名な詩に「死刑囚」"Le condamné à mort"があります。この詩には、「私」と「あなた」との交代、死ぬものが生きるもので、生きるものが死ぬものという主体の入れ替わり、相互主体性、入れ子構造における入れ子の入れ替わり、外部が内部であり、内部が外部であるという交代が実に顕著に見られます。これらの入れ替わりには、ある種のエロティシズム、ある種の美が感じられます。特にジャン・ジュネの友人、二十歳の殺人犯、モーリス・ピロルジュとの入れ替わり、すなわちジュネが死刑囚になり、友人であるジュネと野辺をさまよい、愛し合いたいという欲望は、美しいのみならず、ある種の倒錯ではなく健全さの表現でもあります。死に瀕したわが子を見て、身代りに自分が死にたいと思う親が健全であるように健全でありますす。次の引用は、サルトルの『聖ジュネ』のエピグラフにも引用されている箇所です。おそらく「死刑囚」というテクストの中で最も重要なスタンザです。

Gamin, ne chantez pas, posez votre air d'apache !
Soyez la jeune fille au pur cou radieux,
Ou si tu n'as de peur l'enfant mélodieux

Mort en moi bien avant que me tranche la hache.
（小僧よ　唄わないでくれ　悪漢気どりをやめろ！
まばゆいばかり色白の咽喉の少女となれ。
恐ろしくないならおれが斧で首切られるずっと前
おれのなかで死んだ朗らかな子供となれ。[3]）

ここで語り手は、おそらくは死にゆく、まだ二十歳に過ぎない、そして実際に監獄でよく歌っていたモーリス・ピロルジュに向かって、死刑囚らしく悪ぶること、死刑囚の演技をやめろと言います。そして少女になれというのです。しかも、自分を性的に満足させる少女になれ、と言うのです。ここで主客の逆転が起こり、ジャン・ジュネはモーリス・ピロルジュ、つまり死刑囚になり、さらに死刑囚の先輩、すでに首を切られた死刑囚の先輩となって、後輩であるモーリス・ピロルジュに呼びかけるのです。そして、もし怖くないなら、自分が首を切られるずっと前に、自分の中で死んだ、l'enfant mélodieux になれ、と言うのです。これは外部にあるものを内部に入れること、受胎させること（ホイットマンの《Salut au Monde! 》を参照のこと）、外部から入れ子構造を作り上げることに他なりません。他者の中に自分を発見するのではなく、ある働きかけによって積極的に自分の中に他者を入れようとする、ある意味でホモセクシャルの典型的な欲望がここに観察できようかと存じます。それにしても、この l'enfant mélodieux という言葉は、なんと悲しい、そして美しい言葉でありましょうか。日本語に訳せば「美しい旋律の子ども」ですが、この美しい旋律が、生後七カ月で母に捨てられ、父親はいまだに誰だか分らないといったジャン・ジュネの、悲惨な幼年期において断ち切られ、そしてこの子どもが、l'enfant mélodieux が、彼の中で、殺されたのです。もちろん殺したのは彼ではありません。それ以降ジャン・ジュネの人生には、心にぽっかりと大きな空洞ができました。ジャン・ジュネのホモセクシャルの欲望とは、したがって、子どもの抜け落ちた妊婦の子宮に、モーリス・ピロルジュを押し入れようとするようなものです。この「死刑囚」という詩の最後は、牢獄の死刑囚たちが「もうひとつのアメリカ」une autre Amérique に逃げるだろう、という言葉で終わるのですが、この「もうひとつのアメリカ」とは、ホイットマン的民主主義のアメリカ、「アメリカというリゾーム」であろうと私は考えております。《アメリカ》はここで、ジャン・ジュネにとって、ひとつの理想郷、肉体から解放された、ある精神だけの世界としてとらえられております（実際、一八四八年にカリフォルニアで金鉱が見つかる以前のアメリカは精神的な国でした。一八四八年はヨーロッパにおいても革命的な年でしたが、アメリカはこれ以降、物質的、拝金的な国へと変貌していきます）。その時ホモセクシャリティーとは、ある精神性へと至るひとつの道、a path untrodden と言って差し支えないかもしれません。

さて、このジャン・ジュネ、およびホイットマンに見られる主客の逆転について、もう少し精神分析学的に考えます。ジャック・ラカンによれば、intersubjectivity つまり相互主体性、直観と想像力によって対象になること、二者にして一者であるような主体性（これはポール・ヴァレリーの『カイエ』やフォークナーの『アブサロム、アブサロム！』にも出てくる問題です）[4]のことですが、それと intrasubjectivity 内主体性、つまり、主体の内部で生じる、もうひとつの主体性ですが、これらは切り離すことはできません。そうであるならば（そうであると思うのですが）ここに生じている相互主体性、つまりジュネと死刑囚モーリスの間の主体の入れ替えは、ジュネの内部に生じている内主体性と無関係ではないことになります。ジュネにとって、内主体である l'enfant mélodieux が殺されたため、外主体であるモーリスを内部に入れたい、内主体として受け入れたいという欲望が発生したのです。ラカンの説に従えば、ジュネにとって、その内主体とは、理想的自我、自我理想であります。またラカンの言葉を使えば、内主体、自我理想とは、亡命者にとって片時も忘れることができない祖国のようなもの、一種の identity なのですが、この現象はもちろんホイットマンにも観察できます。ふたりのホイットマンがいる、ということを、ボルヘスは強調し続けましたが、その二人のホイットマンとは、ひとりは現実に、ニューヨークからほとんど離れることなく、平凡な人生を送ったホイットマンであり、今ひとつは世界中を旅し、あらゆるものを見、そして経験するホイットマンです。後者がホイットマンの自我理想、内主体、となります。現実のホイットマンは、すべてを経験するそのホイットマンを愛したはずです。それがホイットマンのホモセクシャリティーなのではないでしょうか。ですから通常の男色ではありません。そしてその愛されたホイットマンは、主体の内部で自由を獲得し、自在に動き回るわけですが、その自由自在さが、相互主体性によって外部の人間に投影されると、すべての人間が、現実のホイットマンにとっては、自己の内主体であるもうひとりのホイットマンと同一視されることになります。

話がむずかしいのですが、ホイットマンが作り上げた理想のホイットマンという内主体が、相互主体性によって、ホモセクシャリティーによって、もっと簡単に言えば、過剰な思いやりによって、主体の外部に出てしまうということです。そうなれば、あの人も、この人も、私の理想であると思ってしまうことです。あの人も、この人も、内主体として主体の内部に取り込まれ、その時「私」は、他者になります。ポオの「盗まれた手紙」のデュパンがD大臣になることと、これは同じです。人は誰でも相互主体性というパイプを通して、直観と想像力によって別の人に、そしてすべての人になることができます。これは一見病気ですが、それは素晴らしい民主主義的な病気とも言えます。これによって、現実のホイットマンにとっては、世界には理想のホイットマンしかいなくなるのです。なぜこのような認識が生じるのかというと、内主体性と相互主体性とが切り離せないからです。ゲームと現実とが区別できない殺人犯もこれと同じ症例です。"Salut au Monde!"を想起して下さい。そこには"I see....."の連続があるわけですが、それらのI、「私」は、同一人物なのでしょうか。一般にはそうですが、これは今の議論から解釈すれば、複数の自己が、複数の自我理想が、複数の場所でそれぞれに見ていることになります。それらはすべて、もうひとりのホイットマン、ホイットマンの分身であります。

私は、中学高校と男子校でしたので、そこでは半分の生徒が女性化し、半分が男になることを知っています。また私は元・日本女子大学非常勤講師ですので、女子大の半分の学生が男性化していることを知っています。単語テストをやめろとか、宿題出すな、などと言ってくるのは、その組織の中で男性化した女子学生です。『プリズン・ブレイク』というアメリカの人気ドラマがありますが、もちろん監獄の話ですが、男性だけの社会が構築されると、なぜこのように女性化する男性が出てくるのかと言えば、ジェンダーが相対的なものであるからに他なりません。私が男でいられるのも、この社会に女性がいるからです。ジェンダーは常に流動的なものです。男だけを集めれば、半分が女性化する。監獄という実験場がまさにそれを示していますが、監獄は同時に出口のない閉鎖的空間をも意味します。この、出口のない閉鎖的空間を認識するとき、ジェンダーはある仕方で混乱する、というよりも、その組織のために再組織化される、あらたに男と女が作り出されるのです。「人は役者、世界は舞台」、これは『お気に召すまま』*As You Like It* に出てくるシェイクスピアの言葉ですが、それを認識したとき、世界は操り人形の世界、仮面の世界となり、そこでは冒険は失われ、ジェンダーの混乱の萌芽が形成されます。世界の、これは監獄化であります。ホイットマンのホモセクシャリティー、そして民主主義も、根源的にはこのような認識に支えられております。地球が監獄であるから、そこに男女が生まれた、また私たちのこの肉体というのも、一種の監獄であるという認識は、ホイットマンをある理想に向けて旅立たせる原動力です。この肉体からも、また時間からも自由になる、フィジカルな世界の陰と陽、プラスとマイナスを超越して、メタフィジカルな世界の脱監獄化が生じたとき、性の区別のない本当の自由が生じる。性から解放された精神の、魂の世界。それが以前発表で述べたA charge transmitted であります。科学の言葉でいえば、ビッグ・クランチという、宇宙のすべてが融合され、一個のウイルスのような小さな融合体になった状態です。この融合こそ、ホイットマンの最も重要なテーマであると私は考えます。このジャン・ジュネとホイットマンについては、おそらく先行研究がありません。

また先程も述べましたが、ポオとの比較も重要です。私がポオにおいて注目するのは、『ユリイカ』の次のような箇所です。

My general proposition, then, is this : ... *In the Original Unity of the First Thing lies the Secondary Cause of All Things, with the Germ of their Inevitable Annihilation.*
In illustration of this idea, I propose to take such a survey of the Universe that the mind may be able really to receive and to perceive an individual impression.[5]

この引用には重要な言葉が二つあります。ひとつは annihilation「消滅」であり、今ひとつは individual「不可分の」、つまり「分けられない」ということです。「消滅」とは、人の場合「死」を意味しますが、会社でも大学でも国家でも、やがては消滅するという発想は、仏教徒にとっては親しいものですが、西洋人が自分でこれを発見した場合、その悟りの喜びは尋常ではなかったと考えます。ですからポオは、この『ユリイカ』の朗読会を開催したのだと思います。この「消滅」は、やがてボードレールに受け継がれていきます。[6] そして宇宙がひとつであり、その内部の精神であれ物質であれ、分けることができない、皆ひとつであるという発想は、イスラムのカバラの思想であり、また『荘子』の万物斉同と同じ思想であります。

ボルヘスによれば、ホイットマンは凡庸な普通の人間であったが、一八四八年ごろ何かがホイットマンに生じた、と書いております。これについて私は、ポオの『ユリイカ』の講演会、一八四八年二月、ニューヨークの協会図書館講堂で行われた「宇宙の現状」と題された講演を、同じくニューヨークに住んでいたホイットマンは、たまたま聴いたのではないかと考えております。そしてその年の夏に出版された『ユリイカ』を読んで、衝撃を受けたのではないか。そしてホイットマンは、これまでとは全く別の人間、すなわち《詩人》となったのではないか。ホイットマンは、ポオの再葬儀にも静かに、目立たぬように参列しております。おそらくポオが忘れられなかったのでしょう。このポオとホイットマンの問題も、どなたか継承していただければと存じます。

それから純粋に文学の問題ではありませんが、ホイットマンにおける anaphora「行首反復」と epiphora「行末反復」の問題は、英語それ自体の性質とも関係しますが、public speech において重要な問題を提起します。オバマ上院議員やキング牧師の名演説、その他の名演説でも、演説が英語でなされる限り、この anaphora と epiphora は、そこで常に重要な機能を所持してきました。anaphora と epiphora がなければ、英語では名演説にはならない、とさえ私は考えております。リンカーンの有名な of the people, by the people, for the people というのも epiphora に他なりません。この anaphora と epiphora は、もちろんホイットマンほど強烈にこれを使用した詩人は英語圏ではいませんが、実はシェイクスピア、あるいはジョン・ダンをはじめ、多くの英語の詩に見られるものです。これを分析し、public speech に生かすことを考えれば、アメリカで有名な speech writer になれると思います。またこの anaphora と epiphora をよく理解していたホイットマンは、英語の特性を最もよく理解していた詩人であると言えます。またこの anaphora は、東洋における「子曰く」、あるいは「如是我聞（にょぜがーもん）」という仏教の、「かくの如く我聞けり」という冒頭の言葉、またラテン語ですが、“Magister dixit”（「師曰く」という意味ですが）といった言葉の音楽性にも、思い至らせる性質のものです。

　最後に簡単に日本文学にふれます。有島武郎、高村光太郎、あるいは白鳥省吾などについては研究がなされておりますでしょうが、山村暮鳥についてはどうでしょうか。暮鳥につきましては、私の先の論文で多少書きましたが、暮鳥もホイットマン同様、梵我一如の悟りを得た詩人であり、意味上の anaphora を駆使した詩を書いております。「囈語」という詩がそれなのですが、暮鳥とホイットマンの比較も、今後大いになされるべきであると考えます。しかし、日本の詩人で、誰がホイットマンに一番近いか、という問いを発したとき、真っ先に私の脳裏に浮かぶ詩人は、草野心平であります。草野心平の《蛙》は、ホイットマンの《草》に他ならない。同じものの同じ表現、同じメタファーであると考えます。すなわち人類が気付かぬ無意識、大地の声、大地の掟、自然、宇宙の、目に見えぬ表象であります。草野心平の《蛙》は、現実に見える蛙ではありません。この研究もどなたか、できれば若い方にやっていただければと存じます。

本日はいろいろなところを少しだけという、はなはだ良いとこ取りのお話をさせていただきましたが、それぞれに根が深く、それぞれに氷山の一角を眺めるような感じとなりましたが、私としては、決して適当な、無責任な話をしたつもりはありません。それぞれに根拠のある、重要なテーマであったかと存じます。何かございましたら、質問にもお答えいたしますので、皆様には是非このテーマを継承していただきたく存じます。継承していただかなくとも、皆様の研究の何かのヒントとなり、この日本ホイットマン協会での発表が活発になれば、本日の話にも意味があったことになります。

最後に私は、アルゼンチンの作家、ホルヘ・ルイス・ボルヘスに、ここで感謝したいと思います。ボルヘスが一行も書かなければ、私はホイットマンのこともまったく理解できず、大学教授にもならず、また皆様の前でこのようにお話しさせていただく機会にも恵まれなかったと思います。また長時間、お聴き下さいました皆様にも感謝申し上げます。

注

1 この「探偵」を、のちに筆者は「内在的」と言い換えることになる。これについては本書の第六章を参照のこと。筆者の二〇〇九年の『中島敦「古譚」講義』においては、ベルグソンの「哲学入門」(原題の直訳としては「形而上学入門」)を知らなかったため、現在では「内在と外在」と言っているものを、ポオの「盗まれた手紙」からのメタファーを使って、《探偵》と《警察》と述べていた。《探偵》とはデュパンのように、直観と想像力で、知識もないのに本質にたどり着く内在的な知恵を意味し、《警察》とは調査・研究・分析を外在的に行い、知識はあるのだが本質にたどり着けないものを意味していた。本章においては、現段階での言い換えをせずに、《探偵》と《警察》という言い方をそのまま残すことにした。それはまた筆者の知的過程を残しておきたいという欲望の表れでもある。

2 これについては短いテクストでもあり、以前試訳をしたので、以下にあげておく。原文は、Jorge Luis Borges, *Obras completas*, Emecé, 1974, 808

ボルヘスと私

物事が起こるのは、他者に、ボルヘスに、である。私はブエノスアイレスを散策し、歩みをゆるめて、多分、もはや無意識的に、玄関のアーチや二重扉のガラス戸を眺める。私はボルヘスについて、郵便物を通して知り、教授候補名簿や人名事典の中に、彼の名前を見る。私は、砂時計、地図、十八世紀の印刷物、語源、コーヒーの味、そしてスティーブンスンの散文を愛する。他者もそれらの趣味を持っているが、彼はそれに、役者にありがちな粉飾をしているのである。われわれの関係が敵対的だと言えば、それは多分誇張であろう。ボルヘスが彼の文学を仕組むことができるように、私は生き、私は自己を活かしている。そして彼の文学が私を正当化するのである。彼が価値あるページをいくらか書いたことを認めるのは、私にとって苦もないことである。しかしそれらのページも私を救うことはできない。なぜならおそらく最良の部分はもはや誰の者でもなく、他者の者ですらなく、言語、あるいは伝統のものだからである。いずれにせよ、私は最終的に死すべき運命にある。ただ私のある一瞬が、他者の内に生き残り得るのだろう。少しずつ私は、彼にすべてを譲りつつある。もっとも私には、彼の歪曲と誇大という悪癖は明らかであるが。スピノザは、すべてのものが自己の存在に固執することを好む、と考えた。石は永遠に石であることを、虎は虎であることを好む、というわけである。私は、私（仮に私がなにがしかの人物であるとしても）の中にではなく、ボルヘスの中に残るはずである。しかし私は、彼の本の中によりも、他の人の多くの本の中に、あるいは達者なギター演奏の中に、より私を認めるのである。何年も前に、私は、彼から私を解放しようと、場末の神話から、時間や無限との戯れへと移行したが、今やその戯れも、ボルヘスのものである。私は別のことを考え出さねばならないだろう。このように、私の生は逃亡であり、私はすべてを失い、すべては忘却の、他者の所有に帰してしまうのである。

今このページを書いているのが、二人のどちらなのか、私は知らない。

3 Gean Genet, *Le condamné à mort et autres poèmes suivi de Le funambule*, Gallimard, 1999, 13,『ジャン・ジュネ全集』第3巻、新潮社、一九六七年、九一—一〇頁

4 これについては拙論「"*Absalom*, Absalom!"」、『英文学』、第六十二号、早稲田大学英文学会、一九八六年を参照のこと。

5 Edgar Allan Poe, *The Selected Writings of Edgar Allan Poe*, ed. By G. R. Thompson, Norton Critical Edition, 2004, 569

6 ボードレール、阿部良雄訳、「一八五五年の万国博覧会、美術」、『ボードレール全集』Ⅲ、筑摩書房、一九八五年、二六二―三頁参照。

“The Sleepers”について

3

（…）

仁木先生[1]、どうもありがとうございました。日大法学部の諸坂です。何卒よろしくお願い申し上げます。本日は第五〇回全国大会という記念すべき大会で、高い所におりまして、誠に恐縮に存じます。実は、本日司会をして下さる仁木先生は、私が大学院時代から尊敬していた先生でありまして、先生の、大変バランスのいい、論文の模範ともいえるフォークナーの論文を、私は昔の早稲田の図書館でコピーをし、それをノートに貼って勉強しておりました。早稲田に非常勤で来ておられた大橋健三郎先生のゼミの発表でも、仁木先生の論文から無断でしばしば引用させていただき、大変助かりました。その仁木先生が隣りにおられますので、本日は多少緊張して、学生になったような気分でおりますが、大変ありがたいことと存じます。

さて、私のお話は、タイトルの通り、"The Sleepers"（原文省略）をここ数カ月、読んでまいりましたので、その話をさせていただくのですが、私がまず喚起したい問題は、この「読む」という動詞の神秘性であります。私たちは本当に、読めるのでしょうか。あるいは「読めた」と感じた場合、それは何を読んでいるのか。これは後に述べさせていただきます仏教の認識論とも関連します。

本日はまず、ホイットマンと一見無関係なことをいくつか述べさせていただきますが、実はこれはホイットマンの本質と関係します。今回は、多少下地を作ってから、ホイットマンの話に入ろうというわけです。

まず、なぜ私が"The Sleepers"を取り上げたのかと申しますと、昨年、私の教え子であるS君が、彼は本会の会員でもありますが、何か発表をしたい、何がいいか、という相談を受けまして、私はとっさに、"The Sleepers"をやってみたらどうか、と答えました。S君は、メルヴィルの『詐欺師』、*The Confidence-Man: His Masquerade* を修士論文でやっておりましたので、私の直観で、そう言ったのですが、それではS君には分からないだろうと考え、また私としても、その直観を証明しなければなりませんので、「基礎研究」という、何をやってもかまわないという日大法学部の授業に、私はS君を呼んで、彼のために"The Sleepers"の講義をいたしました。これで彼は発表が完全にできるであろうというほど、大量のヒントを私は彼に与えました。しかし結果はご承知の通り、彼には発表ができませんでした。彼自身発表できると思って申し込んだのですが、結果的にあのような形になり、皆様には大変ご迷惑をおかけいたしました。この責任は私にもありますので、本日は、私がその責任をとりたい、取る責任があるという意味でも、"The Sleepers"についてお話したいと存じます。

まず、今回のこの講演ですが、小玉晃一先生からお話を頂戴いたしまして、もちろんお断りすることもできず、準備を始めたわけですが、最初に私がやったことは、この"The Sleepers"のテクストをノートに写すことでした。みなさんは、この行為を、どう、思われるでしょうか？

私は早稲田中学の一年生から詩を書いておりまして、その時文芸部の顧問であった黒川光先生から、詩をうつすこと、詩をうつして、詩人と同化すること、その詩人になること、そうしなければ詩は分からないと教えられました。そのため私は、昔の三省堂、靖国通り側の入り口から入ると、左側が思想・哲学のコーナーで、マルクスの本などが私の小学生の時の記憶では並んでおり、学生服を着た大学生らしき人が、売っている本を開いて、勝手に写したりしておりましたが、そこでノートを買いました。こういった学生の光景は、今でもパリに行きますと時々見られますが、昔は普通に日本でも見られた光景です。学生はお金がないので本が買えない、そのため書き写す、ということをしていたのでしょう。また三省堂の、すずらん通り側の入り口から入ったところには学習参考書が並んでおりました。小学生の時、私は、島本時習塾だけでなく、お茶の水の、今はなき千代田予備校で毎週日曜日に開催されていた日本進学教室にも通っていて、その授業が終わると、毎週明大前の坂を降りて三省堂に来て、いろいろな本を眺め、母親からもらった、今はなき伊藤博文の千円札で、何か問題集とか本を買って帰る生活をしておりました。その三省堂の一階の奥が文具売り場で、私はそこでハードカヴァーの高級ノートを買い、学校の図書館で借りた萩原朔太郎全集、大手拓次全集から気にいった詩をうつしておりました。これが早稲田中学の一年生の時です。二年生になっても続けておりました。活字の本ではなく、自分でうつしたそのノートに親しむこと、これが黒川先生の教えでありました。

「書き写す」といえば、幸田宗丸（一九二〇—一九九八）という、時代劇では悪役が多かったかもしれませんが、顔を見れば誰でも知っているような俳優が昔いて、台本の自分のセリフの部分を、毛筆で書き写して、自分専用の台本を作っておりました。セリフとは、もちろん作家が書いた他人の言葉です。これを「自分」の言葉、自分のセリフ、自分のものにする、つまり内在的に理解しようとすれば、自然と、誰からも教えられることなく、「書き写す」という発想になっていったのではないでしょうか。

今日、文学研究の領域には、たくさんの研究者がいます。川端康成や谷崎潤一郎などの研究者は、彼らの文章を果たしてうつしているでしょうか。うつせば、ものすごい勉強になると思いますが、おそらく誰もうつしてはいないでしょう。ただ読んで、論文を書いているのです。どこかおかしくないでしょうか。彼らは川端や谷崎の文章が、好きなのではないでしょうか。本当に好きなのであれば、ただ読むだけでなく、それだけでは心がおさまらず、あふれる気持ちで、原稿用紙などに愛する作家の文章を書いてみたくなるのではないでしょうか。そうならない研究者は、私はニセモノだと思います。文学で金をもらう資格はないと思います。そして今日、文学が衰退しているのは、こういったニセモノが、本を出版したり、文芸雑誌などに書いて人に知られるようになったり、テレビに出たりしているためです。

今回私がやったことは、"The Sleepers"をノートに書き写すこと、そしてそれに親しみ、毎日読むことです。

さて、この私の恩師・黒川先生は、私の学部時代に、確か六十三歳と若くして亡くなられましたが、解釈学会に所属されていて、私が早稲田の学部の一年の時に、日本比較文学会に入会したこと、入会の時、当時二松学舎大学の先生であられ、東京支部の事務局長であった剣持武彦先生に、入会のため、当時の会費四千円を払うと、領収書が今ないからと言って、ご自分の名刺の裏に細字の万年筆で受け取りを書き、判子を捺してくれたこと、などを、母校を訪れた時にご報告申し上げると、大変驚かれて、剣持先生という方は、大変偉い先生で僕なんかは近寄りがたい人だ、とおっしゃられました。早稲田中高等学校には当時、小出博という国語の先生もいらっしゃって、この方は日本比較文学会の会員であられましたが、この方は私の書く詩を完全に否定しておられて、特に本日のハンドアウトの最後につけました「秋庭歌」(省略)などは、むきになって否定して、私はこれで怒られましたが、黒川先生、そして歌人の塚本邦雄と同人誌をやっていた奥村憲右先生は、これを絶賛してくれました。このように当時の早稲田中高等学校には、卓越した先生方がいらして、私はその影響で、今日まで文学と共にあるわけです。

しかしこういった先生方は、私が高二の時に、高三との統一テストで、国語だけですが、私が高三を抜いてトップの成績をおさめると、こぞって東大に行け、東大に行け、と私を苦しめました。東大は、受ければ受かったでしょうが、私は東大で文学をすることに直観的に強い嫌悪感をいだきました。その直観は、今や完全に正しかったと思います。東大に行けば、いわゆる普通の学者になってしまったでしょう。無反省にいろいろ調査をすることを研究と勘違いし、文学の喜び、文学と大地や宇宙のつながりについて悟ることはなく、梵我一如などと聞いても、これをありありと実感することなく、現世的な名声を追求する人間になっていたでしょう。当時から私は、比較文学をやりたいと考えていたので、東大に行けばそこで比較文学をやることになったでしょう。東大の皆さんのことは後に学会で知ることになりますが。彼らの多くは、知識はありますが、comparative mind がありません。知識偏重で生きてきたからでしょう。Legal mind のない法律家と同じです。知識はあるがマインドがないのです。したがって解脱しておらず、知識を求めて輪廻しているだけの存在です。私の言葉で言えば《警察》であって《探偵》ではないのです。比較文学というものが根本的にわかっていないのです。東大が日本の比較文学をだめにした、と言って差し支えないかもしれません。では、世界には比較文学が分かっている学者がいるかと言えば、これもまたほとんどいないのです。比較文学は、ひとつのテクストに全世界文学を見る行為です。比較原理的に、比較文学とはそういう学問であり、文学の単なる国際交流を研究するものではありません。

さて、皆さんが後でどう読まれるか、分かりませんが、ハンドアウトにつけた私の詩（省略）

によって、私が何を示したいかというと、ボルヘスや中島敦の印象が、あるいは強いかもしれませんが、私が詩人であること、常に詩人でありたいと実は願っていることを、この機会にお示ししたい、誤解を解きたい、普段、猥雑な言動を繰り返している私も、文学の世界に入れば、モーツアルトのように豹変することを示したい、そのためにこのような話をしておりますが、今一つは、何人かの先生には以前お見せしたことがありますが、私はメルヴィルの『白鯨』、つまり『モウビー・ディック』もノートにうつしたことがあって、これは主に英語の単語を覚えるためでもありましたが、皆さまにもホイットマンの『草の葉』をノートにうつすことを、黒川先生が私に教えて下さったように、強くお勧めしたいと思います。文学は、うつさなければ分からないことがたくさんあるのです。文学は、時間をかけるべきです。効率を求めては、知識は増えるでしょうが、そこには非人間化という罠が潜んでいると思います。今回のハンドアウト作成においては、岩波文庫訳も、ワープロですがごらんのように入力しました（省略）。入力すると、これは訳が違うのではないかと思うところも多々ありましたが、今回はそのままにしてありますが、要するに、文学研究は、静かな情熱を持って、時間をかけねばならない。名誉欲とか野心を持ってはいけません。そして毎日読むことです。私はそう考えます。

先程私は、本日は“The Sleepers”を読んできたので、これについて話したい、と述べました。しかし“The Sleepers”を読むということは、あらゆるテクストを読むことと同様、実は不可能なことです。「読む」という動詞を安易に考えてはいけません。もちろん、読むことはできます。

しかしそれは、つねに部分的にしか読むことはできません。多くの現代人は、このことを忘れています。なぜ忘れるのでしょうか。そこには、あるエコノミーの論理、つまり効率を求めること、はじめから無理だとあきらめて真理を探究しないこと、つまり学者としては本来的にあるまじき論理と欲望があります。つまり端的に言って、ホイットマンばかり読んではいられない、それでは給料も入って来ない、就職もできないし、生きられないからであります。ですから自然に、ホイットマンの方は適当に読んで、読んだということにして、論文を書き、研究業績を増やして就職し、そして生きているわけです。論文を書くのは、その場合簡単です。ホイットマンについての研究書や論文を読んで、適当に気づいた点などをまとめて論を立てるとか、はやりの文学理論を、ホイットマンにあてはめるだけです。理科系で言えば、くだらない実験でも、実験をすれば何かの結果が出て、それを論文に仕上げれば博士になる。それと同様、簡単なことです。ホイットマンの詩に、口蓋音がいくつあるかを数えれば、それだけで、ローマン・ヤーコブソンが書いたように、論文が書けます。[2]理屈はなんとでも言えるでしょう。新批評、新歴史主義、精神分析、デコンストラクション、フェミニズム批評、あらゆる方法でホイットマンは分析可能です。

しかしそれは、偽りの行為です。文学とは全く関係がありません。作品を読む《私》が不在だからです。ホイットマンを読みたくない、愛読したくない、愛したくないから、人は方法に頼るのです。方法で作品を斬ることは簡単なことです。そして文学を読まない人間で、文学の方法を知っている人間が、優れた学者と言われるのです。私はこの四月から十月までほぼ毎日、“The

Sleepers" を読みました。毎日、小玉先生のことを思い浮かべながら読みました。そして全体を私なりに把握しようとしました。もちろん毎日考えていましたので、この詩のもつ隠れた構造、ある一貫性は、見出すことができました。また毎日読んでいたので、起きて意識的に読んでいる以外にも、眠っているときにおいても無意識的に私はこれを考えていたと思います。しかしまだ「読めていない」と思います。ホイットマンだけではありません。すべての文学作品が、私にとって「読めない」のであります。つまり、一面的にしか見られない、部分的にしか読めないという認識です。それは例えば、「私は海を見た」と言いますが、本当に海を見ることはできません。海の表面の、さざ波を見ただけです。海底は見ていないし、ハワイの海、インドの海、エーゲ海、ナポリの海、ドーヴァー海峡、南極の海、などは見ていません。今私が述べたこの羅列から、ホイットマンを若干感じられた方も多いのではないかと期待しますが、自らの認識の限界、部分性を良く認識し、それでも全体を把握しようとすると、換喩的に把握しないとすれば、人は見たものを羅列するしかないのです。『方丈記』で鴨長明が死体を数えるのに、これは似ています。ホイットマンと鴨長明は、ともにジャーナリスト的要素があり、私には両者に、同質の、ある精神を感じます。ある認識の限界に達すると、人は単純作業に走るのです。つまり羅列です。

この羅列の熱情、一見うわごとのようにみえる言葉の底に、確かな、絶対的な、あるものが見えるようになるまで、ホイットマンを読まねばなりません。ホイットマン以外の詩人は、I see the sea. と書いて終わりです。しかしホイットマンは、自分に実際見えていないものを、見た、と書き、見えていないものまで、すべて書こうとするのです。見えていないものを、見た、と書く。その時に重要なことは、ホイットマンのその姿勢に対する、私たちの態度です。私は、ホイットマンが「見た」と書いたものは、すべて「見たのだ」と信じます。ホイットマンが「見た」と書いているのですから、ホイットマンは見たのです。I wander all night in my vision, と書いてあるなら、私は本当にさまよったのです、そう読まねばなりません。カタログ的に羅列されているものは、要はカタログであるから、その形式が重要であって中味は重要ではない、という、フォルマリズム的な、文学理論的なアプローチは、そもそも詩を読む態度ではありません。ボードレールの「猫」という詩をめぐる論争がかつてフランスでおこり、それは一冊の本にまとめられて、実はその翻訳もありますが、すべて読むに値しない論文です。「猫」という詩に口蓋音がいくつあるといった研究成果、そこからの詩の分析は、文学とは全く関係ありません。私の知り合いの先生に、「あのー」と言うのが口癖の先生がおりましたが、彼が生涯「あのー」を何回言ったかを数えて、果たして彼の人格や精神との関係について何か証明できるでしょうか。できると考えるのが、文学のアカデミズムです。根ほり葉ほり調べます。もちろんこれは間違っています。こういった研究は、ホイットマンを理解するものではなく、むしろその文学を攻撃するものです。これは女性のサイズを調べることと同じです。サイズを知ることは、その女性を理解するものではなく、ある仕方でその人格を攻撃するものです。調査研究とはそういうものです。

今回、ホイットマンの、人種問題に関する川崎浩太郎先生の論文も読みました。次です。

アメリカにおける奴隷制と人種問題に関するホイットマンの姿勢は、一個人として、詩人として、ジャーナリストとして、それぞれの立場間において分裂しているだけではなく、それぞれの立場内においても時代によって異なっており、彼の主張に首尾一貫性を見いだすことは難しい（ルマスター＆カミングズ　五六七―七〇）。ホイットマンが時代や場所を超越した平等主義者であったという神話は、二十世紀半ば以降、多くの反論が提出され、今日では、「個人としてのホイットマンは［……］典型的な白人の人種偏見を内面化していた」という認識が一般的である（ルマスター＆カミングズ　五六七）。例えば、ホイットマンは、南北戦争以前には、白人労働者を擁護する見地から、自由州への奴隷制の拡張には反対であったが、奴隷制度そのものに関しては、反対するどころか廃止論者達を非難している（レイノルズ　一一八）。この事実は、彼が、晩年には自分が廃止論者であったと主張していることと矛盾する。また、「有色人種の締め出し」と題する社説では、有色人種の潜在能力は後に認めつつも、「白人と黒人がアメリカで人種混交することがありえるなんていったい誰が信じるであろう?」と言い、「アメリカは白人のためのものではないのだろうか?」と、彼が人種分離主義者であったことを明確に露呈している（クラマー　一六一）。

ジャーナリストとしてのホイットマンが、黒人に関して、こうした明らかな偏見を示していながらも、ヒューズを始めとする多くの異なる文化的背景を持つ作家達から賞賛をもって受け入れられてきた理由の一つは、十九世紀アメリカの白人作家によって書かれた作品にあっては特異と言ってもいいほどの他民族を容認する『草の葉』における姿勢によるものであろう。例えば、アフリカ人を描写した「世界よこんにちは!」の十一節においては、「神聖な魂の黒いアフリカ人」を、「大柄で、見事な頭部、高貴な容姿、壮麗な運命を備え、私と平等な関係にある君！」（一四五）と歌い、人種間の平等主義思想を明確に主張している。あるいは、「私自身の歌」の十節において、逃亡奴隷を自分の家に迎え入れ、「食卓に並んで座らせ、」「北に向かって旅立つまで一週間滞在」（三七）させた食卓のシーンは、異人種間の共生を表す隠喩として、ヒューズの「私もまた」のような作品、あるいはキング牧師の演説にも連なっている。こうした平等主義の主張だけではなく、表象のレベルにおいても、『草の葉』には、否定的なステレオタイプに基づく黒人表象は皆無であると言っていいだろう。[3]

二箇所傍線を引きましたが、ホイットマンが平等主義者であったという神話は今や崩壊している、しかし一方で『草の葉』のホイットマンは、平等主義者である、と書かれております。この論文は卓越した論文であり、私に多くの知識を与えて下さり、私は感謝しておりますが、多くの研究者は、この平等という問題に矛盾を感じ、その矛盾を前提に研究を進めるのだと思います。当時のアメリカの民主主義はどうであったか、その中でホイットマンは、こう考えたはずであるとか、資料・文献はたくさんあるでしょうから、それらを丹念に調べ上げればこの問題で博士論文を書くことも可能でしょう。しかし実は私は、これは矛盾でもなんでもない、根本的なことを言えば、多くの研究者による平等という概念のとらえかたが間違っている。従って、そういった研究は根底から間違っていて、しかも文学的には意味がない、と考えます。これについては今述べます。ホイットマンは、現実的には白人主義者だったのかもしれませんが、それは『草の葉』

とは何の関係もありません。現実のこの世界を生きるために、私たちは様々な意見を言いますが、それは文学とは別次元の話です。文学と現実は別である。ですからホイットマンは安心して『草の葉』が書けたのです。そしてボルヘスが述べるように、「二人のホイットマン」が存在する、そのように見えるようになったのです。[4]

結論を申し上げれば、ホイットマンの平等とは、荘子の言う万物斉同、すべては宇宙から発生しているのであるから、宇宙の中にあるのだから、みな同じだという思想です。そしてホイットマンは、みな同じだという驚き、そしてみな同じだという喜びを持っていました。私はそう考えます。ホイットマンはあらゆる自然の営み、現実に起こる現象に驚きます。東から人々が来て、西洋の人々と出会うことにも驚きます。なぜ驚くのかといえば、はるばるよく来たな、ではなく、そこに宇宙のはたらきを見るからです。ホイットマンには説明の才能があまりなく、これは詩人一般の特徴なのかもしれませんが、言語の使用が時々間違っております。ホイットマンが民主主義と言う時、それは通常の民主主義ではありません。ホイットマンが平等と言う時、それは通常の平等ではありません。ホイットマンを、もし、頭のクリアーな、フランス式の、極めて論理的な、そして融通の利かない、がちがちの学者が読んだとすれば、それは最高に不幸な出会いと言わざるを得ません。そもそもホイットマンに、それ自体複雑な歴史的背景と政治思想の産物である民主主義が理解できたとは思いません。

彼の言う民主主義とは、繰り返しますが、宇宙の働きのことです。すべては宇宙から生まれ、宇宙の一部であり、それぞれすべてが、みんなが宇宙を支えている。私も机も、皆さんも、そして砂の一粒も、宇宙の一部である。ですから、これらひとつでも宇宙から放り出されるようなことがあれば、積木くずしのように、宇宙全体がこわれてしまう。わたしたちすべては、宇宙というジグソーパズルの一つのピースであって、ピースが一つでも欠けると、パズルが完成しない、ゆえにピースの一つは宇宙と同じ重さを持っている、という思想です。ではこのような思想は、ホイットマン以前にあったのでしょうか。またホイットマンと同じ民主主義や平等の考えはあったのか。その用例はあるのか。これは数年前から随分調べましたが、やっと発見いたしました。それは「華厳経」、「華厳経」の「一即多」であります。次の引用をご覧ください。

「もろもろの仏子よ、このボサツは、十の項目を学ぶべきである。すなわち、一は多であり、多は一であり、教えによって意味を知り、意味によって教えを知り、非存在は存在であり、すがたを持たないものがすがたであり、すがたがすがたを持たないものであり、本性でないものが本性であり、本性が本性でないものである、と知るべきである。」[5]（傍線は著者）

「一々の世界海のなかに、またおおくの世界があるが、すこしの差別もない。また、一々の世界海に諸仏がおでましになられるが、その威力には差別がない。……一々の小さな塵のなかに、おもい測ることのできないみほとけがいまし、衆生の心にしたがってあらわれ、ついにすべての国土海に充満しておられる。」[6]

「一々の小さな塵のうちに、ありとあらゆる世界の光景を見ることができる。[7]」

「一即多」の類似表現は、「華厳経」にたくさん出てまいります。この最後の引用、ひとつの塵のなかに、すべてを見るというのはホイットマン的、あるいはボルヘス的、というより《アレフ》そのものであります。ホイットマンの中に、すべての世界文学がある。だから読めないのです。しかし、ホイットマンを読みながら、これはボルヘスだ、これはキーツではないか、これはコールリッジだろう、と、そのように読むことはできます。道元的な発想ですが、私はこれが真の比較文学だと考えております。比較文学とは、ニーチェも同じことを考えておりましたが、精読によってテクストを《掘る》ことです。掘っていくと様々な鉱脈にぶつかります。そして《泉》がわくのです。また平等については慈雲尊者の次の言葉をご覧ください。

「山は高くして平等じゃ。海は深くして平等じゃ。山を崩して谷を埋むるやうな平等では役に立たぬじゃ[8]」

これはホイットマンの内面を表現したもの、ホイットマンの平等、そして民主主義をストレートに代弁しているもの、つまりこれはホイットマンの詩そのものではないでしょうか。山は高いから平等である。つまり山は高いから、そのままで他のものと平等である。これは我が国の、江戸時代後期の真言宗の僧侶、慈雲尊者の言葉です。慈雲はまず書家として優れ、真言宗のみならず、禅や神道にも通じ、今日ではサンスクリット研究者としても知られています。慈雲のサンスクリット研究は、初代日仏会館館長、明治時代に来日した世界的サンスクリット学者シルヴァン・レヴィ（一八六三―一九三五、私が早稲田大学の学部で「上級サンスクリット」を受講した際のテクストが、シルヴァン・レヴィ校訂の『唯識二十論』でした）によっても高く評価されておりますが、この、男は男であって平等、女は女であって平等、この言い方もホイットマンですが、女を男のようにする平等では役には立たぬ、という、これはひとつの悟りの境地です。黒人は黒人であるがゆえに白人と平等なのです。ホイットマンを仏教の「平等」で解釈すれば、先の川崎論文の引用の、研究者を悩ませる矛盾がいかに地上的、どさまわり的、《警察》的か、が理解できるでしょう。矛盾など一切ありません。矛と盾とを一か所で売るから矛盾が生じるのです。結び付くはずのない、文学のホイットマンと現実のホイットマンを結び付けるから矛盾が生じるのです。結び付くはずのない、目に見えない平等と目に見える平等を結び付けようとするから矛盾が生じるのです。山を崩して谷を埋めるような研究をするから、いらぬ問題が生じ、研究すればするほどホイットマンから離れて行く。

ホイットマンは、素直な心で、仏教的悟りの境地にまで達しています。私は私のままで、万物と平等である。私は一粒の砂と同じであるが、同時にアインシュタインのような天才でもあり、私はコップであり、ペンであり、女であり、アメリカであり、すべてである。この悟りは、私自身のものでもありますが、その時私は宇宙を感じ、ホイットマンを感じ、神を見るのです。皆さんのひとりでもいなくなれば、宇宙が崩壊してしまう。しかし皆さんは、皆さんのなかの何かは、この宇宙に形を変えて永遠に留まるのです。コップが壊れて捨てられても、コップを作っていた元素は宇宙からなくなりません。肉体はやがて滅びますが、肉体でさえも形をかえて、この世界には留まります。いわんや精神をや、であります。これについては以前「ボルヘスとホイットマン」という発表で、お話しさせていただきました。この認識のない人は、いわばこの世に生れて、目覚めることなく、眠ったまま、また永遠の眠りにつくのです。これが分からない人は、輪廻から逃れられない。インテリは輪廻から逃れられない。しかし《比較文学》が分かれば、解脱できるのです。私は台風のあと、道で壊れた傘をみると、それが私だと感じます。路上の吸い殻を見ても、私だ、と感じます。そして時には、涙が出てくる。いわゆる擬人法の世界に生きておりきす。そして宇宙を感じるのです。ですから私は詩人だと申し上げたのですが、皆様も周囲のすべてに自己を、時には投影してみてはいかがでしょうか。おのれを知る、とは、自分が路上の傘だと知ることなのです。皆さまご承知のように、普通名詞としての「ブッダ」とは、サンスクリットで「目覚めた者」という意味です。ですから、普通の人、自分のことが分からない人、したがって私は私であって、石でも魚でもない、ましてや壊れた傘などではない、と思っている普通の人は、いわば眠っている人、the sleeper なのです。この "The Sleepers" という詩は、そのような寝ている連中の間を、悟った人が、人に気づかれないように歩きまわる、そういったところから始まります。

しかし、なぜ自分には自分のことがわからないのでしょうか。これについても慈雲尊者が、ある歌を読んでおります。

「心ともしらぬこころをいつの間に　わが心とやおもひそめけむ」[9]

心とも知らぬ心とは、自分の心であるとも分からない心、つまりこれが自分の心だ、自分はこう思っている、という心、のことですが、それが本当に自分の心かどうかは分からない、それをいつの間にか、自分の心だと思っている、という歌です。簡単に言えば、心そのものに到達できないことを詠んだ歌であります。自分の心といっても、それは自分によって考えられた心を心と呼んでいるに過ぎません。心の全体ではありません。それは私たちの認識、すべてがそうです。これはボルヘスの短編「円環の廃墟」を想起させます。そこでは自己が実は「他者の夢」だった、自分の存在とは、他者に夢見られたものであった、という話が出てきます。これはデカルトの「我思う、ゆえに我あり」の否定です。デカルトが、「これこそは疑いようのない真理だ」と考えた命題を、ボルヘスはやすやすと乗り越えていきます。その意味でこれはスピノザ的な発想です。また、「海を見た」といっても、海のすべてを見たわけではない、「一」の中に「多」が常にあって、人間にはそれがわからない、これは先程も述べたことですが、同様に、文学作品の解釈というものも常に一面的で、それは研究ではないということも先程述べました。

では、どうしたらいいのか、文学研究はどうあるべきか、と言えば、私は黒川先生の教えのように、まずテクストをうつすということが重要ではないかと考えております。経典の写経にも同じ効果があります。私はこれしかないと考えます。私はホイットマンも、毎日、自分の心と向き合う、作品と長く向き合う、私はこれしかないと考えます。

ホイットマンに《なる》こと。毎日『草の葉』と向き合い、まさにこれを実践したと考えます。ボルヘスのピエール・メナールがセルバンテスに《なった》ように、ホイットマンに《なる》こと。これがホイットマン研究の王道です。研究の志が高い、ということは、その作家にいかに近づけるか、なのです。

さて、以上述べたことで、私の"The Sleepers"についての発表は、実はもう終わっているのですが、しかしこれで失敬するとも申し上げられませんので、蛇足ですが、テクストの方に移らせていただきます。"The Sleepers"の冒頭ですが、"I wander all night in my vision, Stepping with light feet, swiftly and noiselessly stepping and stopping,"とあります。私は夜ずっと、私の vision のなかを彷徨い歩く、とありますが、「私」は、実際のところ、何をしているのでしょうか。Vision とは何でしょうか。Vision とは「幻想」と訳されておりますが、サンスクリットの vi、フランス語の voir、つまり見ることを意味します。空想であっても、しっかりと見えているものの中を、私は歩くのです。「私」は眠っている人々の間を歩いたり、立ち止まったりします。この描写は"And the enraged and treacherous dispositions, all, all sleep."という箇所まで続きます。しかしそこまでの間で、ひとつ奇妙な、しかし重要な記述があります。

それは

The blind sleep, and the deaf and dumb sleep,
The prisoner sleeps well in the prison, the runaway son sleeps,
The murderer that is to be hung next day, how does he sleep?
And the murder'd person, how does he sleep?

という箇所なのですが、殺人犯の眠りは、どうなのだろう。そして殺された側の眠りは、どうなのだろう、という箇所です。研究者は通常、この箇所の理解に苦しむと思いますが、先程長々と説明いたしましたので、すでにご理解いただけたのではないかと存じます。つまり、ホイットマンにとっては、死者も生者も平等なのです。そして「眠り」だけが、すべての平等を保障し、その平等の根拠となっているのです。ではその「眠り」とは何でしょうか。眠る人、"The Sleepers"は、何をしているのでしょうか。それは二十三行目ですが、"the worst-suffering and the most restless"とあるように、眠る人々は、実はせかせかと、落ち着きがなく、休息がなく、実は寝ていないのです。Fitfully、つまり途切れがちに眠っているのです。途切れがちに眠るとは、私たちが、寝たり起きたりして生活していること、つまり私たちの日常を意味します。悟りのない人は、起きていても眠っているSleeperなのです。そういう彼らに向かって、私は手を“to and fro”、つまり行ったり来たり、つまり振り子運動のように手を動かしています。ここには当時ヨーロッパではやっていたフランツ・アントン・メスメル（一七三四—一八一五）、英語ではメスマーですが、メスメルの催眠術の影響があると考えます。ヴィクトル・ユゴー、バルザックなどにもこれは出てまいります。ホイットマンと動物磁気説、あるいは催眠術というテーマですが、これもどなたかお調べになると面白いと思います。私の方は、先を続けますが、この二十六行目からのスタンザは“The Sleepers”のなかで、最も重要な箇所です。

Now I pierce the darkness, new beings appear,
The earth recedes from me into the night,
I saw that it was beautiful, and I see that what is not the earth is beautiful.

これと次のスタンザがなければ、この詩は単なる夢の羅列に過ぎない駄作となっていたと思います。“Now I pierce the darkness, new beings appear,”つまり、ここで私は、visionの中にあった暗闇を、鋭い視線、というよりもある精神の力によって、暗闇を見破るのです。そして新しい存在がそこに見えてくる。その時、大地が夜の闇の中に消えてゆく。これは何でしょうか。そして今まで大地を美しいと思っていたが、今や大地でないものが美しいと感じられる。これは何でしょうか。これも簡単なことです。つまり目に見える自然、目に見えるすべてのものを美しいと、かつては考えていたが、今や目に見えない内なる自然、ある想像の世界が美しいと思うようになったということです。そして"The Sleepers"という詩はその後、この通常目に見えないものの描写が続き、詩を構成していくことになります。大地でないものが美しいと感じられる。もちろんこれはホイットマンのジェスチャーですが、先程私は、海を見たといっても、海の表面のさざ波しか見ていないではないか、というようなことを申し上げましたが、目に見えないものを、直観と想像力によって見破る時に、新しいものが見えてくる。それは目に見えない平等の発見、目に見えない民主主義の発見に他なりません。目に見える平等、目に見える民主主義と言えば、私はトクヴィルの『アメリカのデモクラシー』の序文を想起いたしますが、これはフランス人であるトクヴィルが、実際にアメリカを訪れて、そこに蔓延する、あまりにも明白な、その意味でトクヴィルにとっては不可思議な、謎の平等や民主主義に驚き、書かれたものであります。この謎の平等、謎の民主主義とは私の言葉で言えば、《近代》ということなのですが、この近代化は、今日なお進行中のものであります。次の引用をご覧ください。

合衆国に滞在中、注意を惹かれた新奇な事物の中でも、境遇の平等（l'égalité des conditions）ほど私の目を驚かせたものはなかった。この基本的事実が社会の動きに与える深甚な影響はたやすく分かった。それは公共精神に一定の方向を与え、法律に、ある傾向を付与する。為政者に新たな準則を課し、被治者に特有の習性をもたらす。

やがて私は、この同じ事実が、政治の習俗や法律を超えてはるかに広範な影響を及ぼし、政府に働きかけるばかりか市民社会をも動かす力をもつことに気づいた。それは世論を創り、感情を生み、慣習を導き、それと無関係に生れたものにもすべて修正を加える。

こうして、アメリカ社会の研究を進めるにつれて、境遇の平等こそ根源的事実であって、個々の事実はすべてそこから生じてくるように見え、私の観察はすべてこの中心点に帰着することに繰り返し気づかされた。

翻って、想いをわれわれの半球にめぐらしてみると、新世界が呈する光景になにほどか似たものがそこにも認められるように思われた。境遇の平等は、合衆国におけるほど極限に達してはいないにしても、日ごとにそれに近づいており、アメリカ社会を支配するデモクラシーはヨーロッパでも急速に権力の地位に上ろうとしているかに見えた。

このときから私は、ここに読んでいただく書物の構想をいだいたのである。

大いなる民主革命がわれわれの間に進行している。誰もがこれを認めるが、誰もがこれに同じ判断を下してはいない。ある人々はこれを新しい事象とみなし、偶発事であるからなおまだ阻止できると考える。ところが、別の人々はこれを不可抗のものと判断する。彼らにはそれが歴史上もっとも持続的で、もっとも古く恒久的なものに見えるのである。[10]（フランス語原文挿入等引用原文一部修正）

トクヴィルの引用の「境遇の平等」とは原文では、l'égalité des conditions ですが、このconditions とは、社会のさまざまな局面、という意味です。小学校でも企業でも、農村でもマスコミでも、社会のどこを切っても平等が現われる、ヨーロッパでは考えられないその社会状況にトクヴィルは驚くのですが、ホイットマンはそのアメリカに当時蔓延していた平等主義を別の仕方でとらえて、「一即多」という仏教の究極の奥義にまで達してしまいました。次をご覧ください。

The greatness of Love and Democracy, and the greatness of Religion.　(Starting from Paumanok, 10)

Starting from Paumanok からの引用ですが、民主主義が愛、そして宗教と同様に扱われております。これは一見誤解されやすいのですが、愛とは宇宙的な愛です。宗教も一般に考えられる宗教ではありません。むしろ religion の語源的な意味、つまり religio、つまり「結合」、つまり「神との結合、一体化」という意味での《宗教》です。また民主主義も、目に見える民主主義ではありません。『草の葉』全体で Democracy という単語は十九回出てきますが、いずれも社会思想としての民主主義ではありません。目に見えない民主主義です。逆に目に見える民主主義や平等には、ホイットマンは無関心、というよりも考えが及んでいない、つまり、どうでもいいのです。宇宙の真理を見た者には、現実の平等、一票の格差などはどうでもいい。これをホイットマンの矛盾と言うのはおかしなことです。そして次ですが、テクストに戻りますが、“Now I pierce....” の次のスタンザですが、私は眠っている人すべてに寄り添い、ともに眠り、“I dream in my dream all the dreams of the other dreamers, And I become the other dreamers.” となるのです。“the other dreamers” とは、十把一絡げの、まとめた言い方ですが、その前に “each” があるので、ホイットマンの意識としては、一人ずつ、単数形で、すべての人の夢を見、すべての夢を見ることで、すべての人間になるのです。これもホイットマンの平等です。そしてこれも華厳経の一即多に他なりません。もしボルヘスの読者であれば、完全にこの箇所はボルヘスであると判断するでしょう。

その後テクストの私は、西へ向かい、老婆や未亡人になり、経帷子になります。そして第三節は巨人の死、四節は遭難、五節は戦争、六節では、母とインディアン娘の物語が語られ、七節では今迄の登場人物がある仕方で総括されて、「彼らは今やみな平等だ」と宣言されるのです。世界には、様々な人がおり、殺人犯もいれば、自己犠牲に生きる者もいますが、それらが皆、偽装である、現象はすべて仮の姿である、と考えたのは、ハーマン・メルヴィルでありました。これは慈雲尊者の先ほどの和歌の思想と同じ、またホイットマンの手法を支える根源的な認識と一致します。つまり人であれ、テクストであれ、部分的にしか「読む」ことができない、ゆえに仮の姿でしか現象しないという認識です。本物、本質は常に隠されている。メルヴィルの『詐欺師』*The Confidence-Man: His Masquerade* は、このテーマで貫かれております。しかしホイットマンとメルヴィルは、この、いわば「人は役者、世界は舞台」という認識は、共に持っていたのですが、その解釈においては極めて対称的な態度をとりました。つまり、同じく「一即多」の境地を知っていたエマソン、すべての文学作品は一人のジェントルマンの作品であると書いたエマソンを受け入れたか否かという問題です。メルヴィルの *The Confidence-Man* 三十六章には、エマソンを揶揄した人物が登場します。その人物はマーク・ウインサムという神秘主義者なのですが、万物は宇宙の中で、ある秩序の中に存在していると主張します。慈雲尊者やホイットマンは、これに平等という概念を付け加えました。が、メルヴィルはこれに否定的なのです。

エマソンは『草の葉』の翌年、一八五六年に有名な「ブラフマ」という詩を発表します。これは韻だけ踏まれていて、大した詩ではないのですが、忘れがたい一行があります。それは Shadow and sunlight are the same 影と光は同じだ、というもので、これもホイットマンの平等の表現となっております。ホイットマンはエマソンに『草の葉』を送っておりますので、これはホイットマンの影響ではないでしょうか。ブラフマは、日本語ではブラフマンですが、これはインドのウパニシャッド哲学です。「ウパニ」とは英語の near、「近く」という意味、「シャッド」は sit、「坐った」という意味ですが、その哲学は、ブラフマンが梵、アートマンが我、これらが合体して梵我一如という、これは高校の倫理社会、あるいは世界史でも習うので皆さんご承知なのではないかと存じますが、このウパニシャッドが、フランス人アンクティーユ・デュペロンによってペルシャ語からラテン語に翻訳され、それを読んだショウペンハウエルに甚大な影響を与えます。実はこのショウペンハウエルが、私はヨーロッパにおける比較文学の起源であると考えておりまして、これについては七月に講演[11]をしたので、お話しいたしませんが、この梵我一如こそ、一即多のヴァリエーションであり、先の、眠っている人に寄り添う、寄り添うことによって他者と合体する、つまり近くに座るというウパニシャッドであり、ホイットマンの"The Sleepers"の最も大きなテーマであると考えます。

テクストの

The universe is duly in order, every thing is in its place,....

および、

The diverse shall be no less diverse, but they shall flow and unite—they unite now.

これはテクストのセクション七からの引用ですが、ごらんのようにこれは慈雲尊者の思想、あるいはエマソンの思想とまったく同じであります。私たちは宇宙の中で、ある秩序を構成しており、どれか一つでも失われれば、宇宙そのものが崩壊してしまう。そして岩波文庫の訳には「違いはやっぱり違いのままだが」とありますが、これは仏教では差別と書いて「しゃべつ」と言いますが、「しゃべつ」があるから平等なのです。これもホイットマンは良く理解しています。悟った人でなければ、この言葉は書けません。意識ではすべてが異なって見えますが、無意識では、すべてが繋がっている。無意識は母そのものである。テクストの最後に現れる、快調な目覚めは、しじみエキス、オルニチンを飲んで、目覚めがいいという即物的な、健康の問題ではありません。悟りを持って現実を生きるという仏教的教訓に近い、ある文学なのです。

ホイットマンが理解していた民主主義とは、無意識の世界ですべてが繋がっているという民主主義です。語源的に、そしてまた通常の言語の使用からみても、ホイットマンの民主主義は間違っています、が、しかしホイットマンの民主主義こそ、実は本当の民主主義なのではないでしょうか。政治学者はこの民主主義こそ学ぶべきです。それは、現実的には、みんな違っていて平等だという健全な思想です。格差があってこそ平等なのです。現実の不平等を埋めるのではなく、内にかえりみて、宇宙の中での無くてはならない存在であることに真に気づけば、別の vision が開けるはずです。目に見えないその平等が崩れてしまったので、目に見える平等、男性の女性化、女性の男性化、草食系男子、肉食系女子が生まれたのではないでしょうか。これは、山を崩して谷を埋めるような平等であって、「役に立たぬ」ことではないでしょうか。また最近のいじめ問題も、違っているから平等という思想がないために、生じているのではないでしょうか。トクヴィルのいう、社会のどこを切っても目に見える平等が現われる社会というのは、やはり異常な社会ではないでしょうか。有島武郎は「ホイットマンの一断面」という大正二年、一九一三年の文章の中で、『草の葉』を買った時のことを書いております。

> 私はボストンの町を詩集「草の葉」を尋ねて歩いた時の事を今でも思ひ出す。本屋の番頭はホイットマンの名を聞くと、パリサイ人の様な顔をして、そんな本は持ち合はさないと云つた――さう云ふ事が本屋としての誇りでゝもあるやうに。[12]

ここでは、傍線を引きましたが、ホイットマンを軽蔑する本屋が「パリサイ人」のようだ、と表現されております。私は、この「パリサイ人」という言葉に注目したいと思います。これはご承知のように、目に見える、形式だけを重んじる律法学者です。知識人、インテリです。感情よりも知識を重んじ、非人間化した人々です。つまり心がない。こういう人にはホイットマンは分からないのです。有島のこの直観は非常に正しいと思います。清められる、とは、「今」と「ここ」にこだわらなくなることです。従ってパリサイ人は、清められません。こだわる人は、理を追求する人です。パリサイ人とは合理主義者に他なりません。

煩悩があるから悟りがある。悟るためには煩悩が必要です。敵がいるから、それを許す大きな心が生まれる。敵がいなければ大きな心は生まれません。そして目に見えるものがあるから、目に見えないものが見えてくる。目に見えないものが見えるのは、目に見えるもののおかげです。"The Sleepers"の言葉を使えば、大地のおかげです。私たちの置かれた環境は、すべて私たちをひとつの大きな光へと導いてくれる。要約すれば、"The Sleepers"とはそのようなことになるだろうと考えます。もうやめますが、やはり、これをS君が発表するのは無理だったと、今更ながらに感じますが、いずれにしましても、ホイットマンと仏教は極めて近い。そして私は、『草の葉』をある仕方で要約すれば、般若心経になるのではないかとも考えております。般若心経も、"The Sleepers"同様、実は最後には母が出てくるのです。御仏の母です。ということで、最後に般若心経を読みあげて終ろうかとも考えたのですが、時間もありませんので、これにて失礼いたします。どうもありがとうございました。

注

1　仁木勝治（一九四〇—二〇二二）、英文学者。立正大学名誉教授。本文中で「仁木勝治先生」ではなく、「仁木先生」とあるのは、夏目漱石に従っているからである。漱石によれば、「先生」に対する最高の尊敬表現は、その姓にのみ「先生」をつけるべきで、名を呼ばない、名を呼ぶのは失礼である、というのが「夏目先生」の考えである。筆者もこれに同感する。正しい日本語の語感であると考える。

2　ローマン・ヤーコブソン他著、花輪光編訳、『詩の記号学のために——シャルル・ボードレールの詩篇「猫たち」を巡って』、【叢書　記号学的実践　1】書肆風の薔薇（現・水声社）、一九八五年を参照のこと。

3　川崎浩太郎、「ホイットマンとヒューズのアメリカ」、『栴檀の光——富士川義之先生、久保内端郎先生退職記念論文集』所収、金星堂、二〇一〇年、三三一—三頁、引用中の註番号、および註は省略した。なお、引用で参照されている文献は下記の通り。

LeMaster, J. R., and Donald D. Kummings, eds. *Walt Whitman: An Encyclopedia*. New York: Garland, 1998

Reynolds, David S., *Walt Whitman's America, A Cultural Biography*. New York: Alfred A Knopf, 1995

Klammer, Martin, *Whitman, Slavery, and the Emergence of Leaves of Grass*. Pennsylvania: Pennsylvania State UP, 1995

4

……『草の葉』は天才による前代未聞の啓示である。……当時のアメリカは理想の名だたる象徴であった。もっとも今日では、投票箱の濫用と過剰なまでの雄弁によってその理想もいささか色褪せてしまったが、それでも何百万という人がそれに命を捧げ、今でも捧げ続けているのである。そして世界中がアメリカに、その《たくましい民主主義》に目を注いできた。数限りない証言のなかから、ここではゲーテの警句のひとつを想い起こすだけでよしとしよう――「アメリカよ、汝はそれをよりよくする……。」ホイットマンは、ある意味では常に彼の師匠であったエマソンの影響のもと、そうした新たな歴史的出来事――アメリカの民主主義――を叙事詩にする義務をみずからに課したのである。近代の最初の革命、すなわちフランス革命とラテンアメリカの革命に刺激を与えた革命がアメリカのそれであり、民主主義がその大義であったことを忘れないでおこう。／民主主義という人間の新たな信仰を、それにふさわしく歌うためには、どうしたらよいのであろうか。これには明白な答えがあった。ホイットマン以外の作家なら、ほとんど誰もが選びそうな、仰々しい修辞と単なる惰性の誘惑に身をまかせるという歌い方である。つまり、手のこんだ頌歌を作りあげるとか、おそらくは呼びかけの間投詞や祈願やら大文字などのふんだんに盛りこまれた寓意詩を書くかである。幸いなことに、ホイットマンはそうしたやり方を避けた。／民主主義というのは新たな事実である、従ってそれを称揚するためには、同じく新たな手法が必要である、と彼は考えたのだ。／私は先ほどアメリカの叙事詩と言った。若きホイットマンがよく知っていた、そして封建的と呼んだ有名なモデルには、それぞれ中心となる人物――アキレス、オデュッセウス、アエネーアス、ロラン、エル・シッド、ジークフリート、キリスト――がおり、彼らの身の丈は突出していて、他の登場人物たちが彼らに従属している。こうした優越性は、すでに廃除された、あるいはわれわれが廃除することを望んでいる社会、すなわち貴族社会に対応するものだ、とホイットマンは考えた――私の叙事詩はそうであってはならない。私の叙事詩は複数でなければならないし、すべての人間の類なき絶対的な平等性を前提とするものであらねばならない。しかし、そうした要件は単なるごたまぜの堆積といった致命的な混乱を招きかねないが、ホイットマンの天才は奇蹟的にその危険を回避した。彼はいまだ文学の歴史が記録に留めたことのない、この上なく大胆にして雄大な実験をものの見事に成功させたのである。／文学的実験といえば、例えばゴンゴラの『孤愁』やジョイスの作品に見られるように、それぞれの程度における輝かしい挫折について語るのが常である。ところがホイットマンの実験は、それが実験であったことを忘れてしまいがちなほどの大成功であった。／ホイットマンは自作のある詩において無数の人物の描かれた、そしてその内の幾人かは際立ち、後光で飾られているような中世の絵画に言及し、自分は数限りない人間のうごめく、そして彼ら全員に後光が射しているような絵を描くつもりだと言明している。そのような壮挙がいかにして実現しうるのか？　信じ難いことに、ホイットマンはそれを達成したのである。／彼もバイロンと同じように、一人の英雄を必要とした。しかし、多様な民主主義の象徴としての彼の英雄は必然的に、ちょうどスピノザの偏在する神のような、どこにでもいる数えきれない存在でなければならない。そこで彼は、われわれが考えも及ばなかった奇妙な人物を創り出し、それにウォルト・ホイットマンという名をつけた。これは二重性を帯びた人物である。まず、ロングアイランド出身の慎ましやかなジャーナリスト、ウォルター・ホイットマンで、日常的にマンハッタンの歩道で、急ぎ足で通りすぎる友人と挨拶を交わしているような男。しかし彼は同時に別の人間、すなわち前者がなりたいと思いながらなることのできなかった、冒険と愛に明け暮れる男、豪胆で闊達で生気に満ちた、アメリカ中を駆け巡る男でもあるのだ。かくしてホイットマンは、作品のあるページではロングアイランドに生まれるが、別のページでは南部生まれということになる。「ぼく自身の歌」のなかの最も真率な詩節のひとつで、詩人はメキシコ戦争における英雄的なエピソードに言及し、それをテキサスで聞いた話だとしているが、彼はテキサスに行ったことなど一度もないのだ。詩人はまた、奴隷制廃止論者ジョン・ブラウンの処刑に立ち会ったと明言しているが、これとで事情は同じである。こうした例は辟易するほど挙げることができるであろう。実際、その伝記に記されているホイットマンと、彼がそうなりたいと切望し、現在、人びとの想像力と感受性のなかに生きているホイットマンが混同されていないページはほとんど無いと言えるほどである。

（ホルヘ・ルイス・ボルヘス、「ウォルト・ホイットマン『草の葉』」、牛島信明他訳、『序文つき序文集』所収、国書刊行会、二〇〇一年、三二九―三三三頁、なお傍線は筆者による）

5　「華厳経」、中村元他訳、『仏典Ⅱ』、世界古典文学全集第七巻、筑摩書房、昭和四十年、二二四頁

6　前掲書、二〇〇―一頁

7　小金丸泰仙、『慈雲尊者に学ぶ「正法眼蔵」――「現成公案」巻』、大法輪閣、二〇〇九年、七一頁

8　慈雲尊者はここで、「山を崩して谷を埋むるやうな平等」はだめだと言っているが、ちょうどこれと逆のこと、山を削って谷を埋めて平地を作れ、と歌うのが、『メサイヤ』第一部三曲目のアリア「もろもろの谷々（たにだに）はたかくあげられ」（ヘンデル、『オラトリオ「救世主」』、基督教音楽出版、昭和四十三年）である。これは「イザヤ書」四十の四の「谷はすべて高くされ、山と丘はみな低くなり／起伏のある地は平らに、険しい地は平地となれ」（ルビ省略、聖書協会共同訳）からとられている。ここには西洋と東洋の自然への考え方の違いが端的に、しかも強烈に表れている。東洋（そして日本）は、自然を「そのまま」にして、変えるのであればそれを観察する人間の方を変える。西洋では逆に、人間を「そのまま」にして、対象である自然に手を加えてこれを変える。「平地」にするのが、人間にとって善であり「神のため」となるの

である。暑い日に、暑さを味わおうとするのではなく、暑さを変えよう、空調を開発し、外部を変えて快適に過ごそうというのが、西洋的発想である。それは科学、目に見えるもの、外在性、人間尊重、個人主義、などと深くかかわっていることが理解できるが、そこには「視点を変えてみる」という意識の自由はない。暑い日に、「暑い」とだけ感じて、その視点に固執し、これをひたすら変えたいと思うのが、西洋的発想である。視点を変えて、「暑い日も夏の味わい」として受け入れるのが東洋である。悪の中に善を見出し、善の中に悪を見るのが東洋の智慧であるが、西洋はひとつの視点に固執し、それを絶対と考え、現実を変えようとする。視点に固執しない東洋は、視点からの自由、そして直観を発達させることになるわけであるが、ホイットマンに関して言えば、この西洋と東洋を、ホイットマンは併せ持っていると考えられる。ホイットマンであれば、西洋も東洋もどちらも素晴らしいと言うだろう。ちなみに、東洋医学には「病名」というものがない。つまり「視点」がない。東洋では病人というものは、体全体のバランスが崩れている、と考える。心臓が悪くても、心臓を治そうとするのではなく、体全体を治そうとする。体のバランスが崩れると、ある人は胃に病が現れ、ある人は心臓に、と考えるのである。一方、西洋医学は「視点」だらけ「病名」だらけである。西洋医学は部分しか治療しない。その部分が治れば良いのである。したがって玉突き現象的に、「副作用」というものが当然起こる。「視点」に固執する西洋のあり方は、《戦争》を生じやすくするだろう。相手の立場にならない、譲らない、全体を見ない、というあり方は必ず衝突を生む。《戦争》をなくすには、世界に東洋的な見方、東洋的なあり方が広まればいいとも考えられるが、自己主張、自己拡大をしないというのが東洋的なあり方でもあるので、世界は常に外在的な、西洋的なものが主流にならざるを得ない。もちろん東洋にも昔から戦争はあり、外在的な研究もあり「視点」もあるわけであるが、理念的に《東洋》とは、内在的であり、ベルグソン的であり、全体を、宇宙を志向するもの謂としてある、と考えるべきだろう。

9 小金丸、前掲書、一二五頁

10 トクヴィル、松本礼二訳『アメリカのデモクラシー』第一巻（上）、岩波書店（岩波文庫）、二〇〇五年、九一―一〇頁

11 諸坂、「比較文学の再生――小林秀雄、あるいは文学研究における非対象性について」（於、藤女子大学、五五一教室、日本比較文学会北海道大会、二〇一二年七月十四日（土）

12 有島武郎、「ホイットマンの一断面」、『有島武郎全集七巻』所収、筑摩書房、昭和五十五年、四十六頁

ホイットマンにおける Prudence

日本ホイットマン協会創立五〇周年を記念して

本日は協会創立五〇周年、誠におめでとうございます。この記念の大会で、高い所におりまして、誠に恐縮に存じます。五〇周年にふさわしい、格調の高いお話がもし出来れば、大変うれしく存じます。

早速“Song of Prudence”の冒頭を見ます。ここが分かれば、この詩の全体が分かり、ひいてはホイットマンのある本質もわかるだろうという換喩的な趣向です。

Manhattan's streets I saunter'd pondering,
On Time, Space, Reality—on such as these, and abreast with them Prudence.

声に出して読めば“Prudence”が際立ちます。岩波文庫訳「分別の歌」は、「マンハッタンの街(まち)を当てもなくさまよいながら」となっておりますが、この“saunter”は、通常自動詞しかなく、「マンハッタンの街(まち)を」という目的語を明示した訳は、多少厳密さに欠けます。ここは“Manhattan's streets”と、いきなり場所が提示されることによって、いわば副詞的機能を担わされており、その前に前置詞の省略が考えられるべきです。「街を」ではなく「街で」です。しかも“streets”と複数形で、この複数形には時間性が感じられます。ある程度の時間、いろいろなストリートを散歩していた。この散歩の長さは“pondering”していた時間と同じです。Loaferというホイットマンになじみのある言葉をここで挙げれば、“saunter”がいかにホイットマン的な単語であるかは、瞬時にご理解いただけると存じます。またこの“saunter”で思い出されるのが、修道院の回廊ambulatoryであります。回廊とは、修道僧たちが瞑想のために歩き回るものですが、この、歩きながら考える西洋人、そして座って考える東洋人の対比については、私の恩師・野中涼先生の著書[1]を是非ご参照ください。ホイットマンもここで、修道院ならぬマンハッタンの街を歩きながら考えております。ホイットマンにとって、マンハッタンはある意味修道院なのです。そこで“Time, Space, Reality”、そして“prudence”について考えるのですが、時間、空間、実在、そして“prudence”と列挙されますと、“prudence”だけ何か異質に思われるかもしれませんが、実は、時間や空間と並ぶもうひとつの次元として、ホイットマンは“prudence”を考えているのです。そう考えなければ、“Time, Space, Reality”、と並列されている意味がありません。ですから“prudence”は単なる「分別」ではないのです。では“prudence”とは何でしょうか。

　Prudenceとは、辞書によれば、思慮分別、慎重、用心、とあります。*OED*や*Century*といった大きな辞書を引けば、そこにはpractical wisdomあるいはsagacityなどという定義もありますが、もともとこれは、ギリシャ語のphronesis、ラテン語のprudentia、つまり西洋における四元徳のひとつであります。一言で言えば、prudenceとは、アリストテレス『ニコマコス倫理学』にあるように、つまり実践的な知恵なのです。そしてこの言葉は、ラテン語の中心的な意味がそうなのですが、先が見えること、予知できることを意味します。つまり直観的にわかるということ、つまり直観です。またこの言葉は、犬が人間の言葉を理解する、人間が神を理解するというような次元を超えた先験的な知恵も意味します。つまりこれも、要は直観ですが、これは今日の英語においても同様の意味を持っています。これをわかりやすく、説明のために舞台を日本に移して、具体的な物語を参照したいと思います。

私が参照したいのは『今昔物語集』の巻二十九「明法博士善澄、被殺強盗語第二十」ですが、要約を申し上げますと、昔、善澄という法律の博士がいて、この家に盗賊が入ります。学者で貧乏なので、金目のものがなく、盗賊は期待が外れて狂暴になり、荒れて、家の物を壊し、おそらく学者の命でもある書類や書物、資料なども散乱させ、家を出るのですが、善澄は床板の下に隠れてすべてを見ていて、盗賊が逃げて行く後ろから、よほど口惜しかったのでしょう、お前たちの顔は全部見たぞ、朝になったら検非違使、つまり警察に言って、お前たちを全部逮捕してやると、そう叫んだのです。すると盗賊は引き返して来て博士を殺してしまった。なぜこのような愚かなことになったのかというと、物語のコメンテイターは、彼には学問はあったが、大和魂が少しもなかった、とそう述べております。この、先を見る知恵、実践的な知恵、これが大和魂、中国の「からごころ」ではない日本固有の「やまとごころ」であり、英語で言えばprudenceとなります。ですから単なる「思慮分別」とは微妙に違います。例えば誤訳はprudenceの欠如であり、人を見抜けない、人の気持ちが分からないというのもprudenceの欠如となります。prudenceは、普通には、見えないものを見る力、ある全体を見る力、ですが、最終的には神をみる力、神の智恵を感じる力に通じて行くのです。ホイットマンはもちろんそうですが、トマス・アクィナスもこのことを知っておりました。prudenceは、部分的な、合理的・論理的な判断ではありません。むしろ直観的な、ある慎重さ、心を澄ましてものを見ることなのです。水平的に周りの見えるものだけを見るのではなく、垂直的に、天から全体を、己を見るといえば分かりやすいかも知れません。善澄は極めて合理的・論理的で、目先の理はありましたが殺されてしまいました。しかもその殺され方が、「大刀を以て頭を散々に打破て殺してけり」とあるように、頭（＝知性、知識）を打たれて殺された、というのは極めて象徴的です。昔、東大名誉教授、英文学者の斎藤勇（たけし）が、狂った孫に包丁で頭を刺され死亡する事件がありましたが、善澄に似ているかもしれません。盗賊もその孫も、インテリの頭を狙ったのです。逆にインテリが盗賊や孫を殺す場合は、頭ではなく心臓を、ハートを狙うのかもしれません。

さて、私達はまだマンハッタンから抜け出ていないのですが、マンハッタンと言えば、もちろんこれは都会であり、様々な人々がいるわけですが、修道院は、そうではありません。ホイットマンは、ひとり考えているのではありません。むしろ日常の雑踏の中で考えているのです。これは修道院との対比で、非常に重要です。本居宣長は、僧侶は修行をして悟ろうとしているが、こういうのが一番ダメなのだ、普通の生活をしていれば悟れるのだ、と力説していて、小林秀雄がそれを『文学の雑感』という講義[3]で述べていますが、宗教の世界に入っていては、逆説的ですが本当の宗教は得られないのです。これは、本日私がお話ししたいprudenceについて、すでにその本質について言い当てております。宣長の文脈で言い換えれば、prudenceとは「やまとごころ」です。キリスト教のミサであれ、仏教の読経（どきょう）であれ、形式的であるがゆえに、それは宗教ではありません。それは「からごころ」です。イエスが律法を重んじるファリサイ人を攻撃するのはこのためです。イエスやお釈迦様が、そこには不在なのです。教えを守る事ではなくイエスの人格を感じることが重要なのです。神をありありと実感することが宗教なのです。神学は知識です。頭です。神を実感することは、個人的な経験ですが、心の話です。頭（ヘッド）と心（ハート）、この対比の代表が、私の言う《警察》と《探偵》[4]ですが、ポオの「盗まれた手紙」で警察が手紙を発見できないように、教会や祈り、懺悔を忠実に生きるキリスト教徒、《警察》的キリスト教徒、つまりキリストなきキリスト教徒には、イエスが、つまり《盗まれた手紙》が、神が発見できないのです。いくら探しても《神学》の中にイエスはいません。イエスはむしろ日常的な存在の中にいるのです。ですからこの冒頭の日常性を表わすマンハッタンは、prudenceの表現として成功しているのです。マンハッタンにprudenceがある。気づかないだけです。「ハドソン川のほとりを歩きながら私は考えた」であれば、それは修道院の回廊と大差はありません。ハドソン川では失敗です。東京でもいいのですが、日常でなければなりません。そこには《形式》はなく、神がいるのです。

最近、私の《探偵》と《警察》とほぼ同様の区別が、ベルグソンによって言及されていることを知り、かつ小林秀雄の批評の原点が、このベルグソンにあると考えるようになりました。要は、物の知り方には二通りあり、ひとつは、ものの周辺をまわること、周辺をまわって、ある視点から観察・分析して、その対象を部分的に知ること(部分的な知識ゆえ、これは相対的)、そして今ひとつは、直観と想像力によって、その物の内部に入り込むということ(全体的であるがゆえに絶対的)、この二つがあるのです。

私の言葉で言えば、前者、相対的なのが《警察》、絶対的なのが《探偵》です。文学研究は、そのほとんどが《警察》的です。つまり部分的なのです。しかしその部分を重ねても、ホイットマンの研究は終わったという終了宣言は、将来的にあり得ません。フランスでは、ヴィクトル・ユゴーの伝記的研究は終わった、ユゴーが生まれてから死ぬまで、何月何日に何をしたか、すべて明らかになっている、といいますが、それは真の伝記的研究ではありません。事実とは曖昧なものです。これはウラジミール・ナボコフの『セバスチャン・ナイトの真実の生涯』(一九三八)というナボコフが英語で書いた最初の小説のテーマであり、いわゆる伝記というものを否定する、これ以上はないという文献になっております。私もナボコフと同意見です。ユゴーが何月何日に失恋したと分かっても、その時の心理状態の、再現および伝達は不可能です。文学テクストとの関連も憶測にすぎません。とすれば、事実の判明も、架空の人物の人生上の出来事の羅列と同じで、ユゴー研究ではありません。この危うい側面を、実証的研究はすべて持っていることに、皆さま、そろそろ気付くべきではないかと存じます。実証的研究は、根本的に何も証明できず、インチキなのです。そして、これは調査員の仕事であって、研究者の仕事ではありません。文学研究とは神秘的なものです。論理ではありません。これは文学だけでない、経済学でも法律でも科学でも、本当の学者は皆神秘主義者です。実証的研究などは明証性を追っているだけで、電車で行って駅から降りない旅行のようなものです。確かに安全ですが意味がありません。また他人が聞いて、読んで、分かる話というのも、常に駅までの話です。京都に行った、と言って、駅を出て何をしたかは厳密には伝えられないものです。しかしそこが旅行であり、比喩を使っていますが、学問の醍醐味なのです。もちろんそれは《私》的なものです。一方、学会などで評価される研究は、実証的、つまりpositive、つまりhaving no doubt、疑いのないもののように見えて、実はこれほど疑わしいものはありません。ある《方法》によってテクストを分析することも、エレガンスに欠けることであり根本的に間違っている。伝達可能なものは、皆怪しいものです。実はトマス・アクィナスも同じことを述べております。これは、煩瑣ですので引用はしませんが、トマスのアナロジー論のなかでこれは展開されております。比較文学でこれを言えば、影響研究はでたらめで、対比研究だけが正当である、なぜなら事実と事実の間の関係は明らかにならないが、

《私》がそう思った、ということは動かせない、絶対である、というのがトマスの論理なのです。[6]

ウンベルト・エコが言っておりましたが、ナポレオンはセント・ヘレナで死んだと言われているが、それが本当に事実かどうかは、実はわからない、しかしトルストイが生み出したアンナ・カレーニナが自殺したことは事実です。[7] これはフィクション、小説に書かれていることですが、文学的事実であり、これは確かな、絶対的なことです。カレル・チャペックの『マクロプロスの処方箋』（阿部賢一訳、岩波文庫、二〇二二年、原作は一九二二年）を読むと、「歴史は嘘をつくもの」というセリフがあり、三百年生きている主人公が実際に見たものが、一般に信じられている歴史的事実とは異なることが描かれています。実際にナポレオンの謦咳に接した人でなければ、真実はわからないのです。[8]

また、これとの関連で想起されるのが、親鸞の思想を伝える唯円の『歎異抄』に書かれた「煩悩具足の凡夫、火宅無常の世界は、よろづのことみなもてそらごとたわごと、まことあることなきに、たゞ念仏のみぞまことにておわします」[9]という言葉です。世界のすべては、たわごとである。事実はたわごと、実証主義や学問もそらごと、念仏のみが誠である、というのです。なぜ念仏のみが誠なのか。それは念仏が文学だからです。アンナ・カレーニナの自殺が絶対的事実であるということと同じ意味で、念仏は絶対であり、それはボルヘスの短編「鏡と仮面」に出てくる一語からなる詩と同様、ある仕方での最高の《文学》なのです。

実証的研究と言っても、別の人がこれをすれば、別の結論に達します。実証的研究とは、べルグソンが言うように外部から眺められたものであって、眺めるには必ず視点が必要で、視点が異なれば、見えてくる風景は必ず異なります。ベルグソンのこの議論を知っていれば、実証的研究、一般に言う研究は完全にナンセンスです。『文学の雑感』という講演で小林秀雄が「学問をしているやつが一番バカだろ、君そう思わない」[10]と言うのはそのためです。私も完全に同感です。インテリは、常に問題のすり替えをします。自分に都合のいいことだけを考える。そして反省をしません。必ず自己正当化します。多くの東大出身者には、この傾向があります。そして実は、私の敬愛する中島敦にもこの傾向がありました。しかし彼は、おのれの内にある《東大》に気づき、これを嫌悪するようになっていました。インテリとはモンスターです。虎です。中島敦「山月記」の虎です。「臆病な自尊心と尊大な羞恥心」とは、東大のメンタリティーです。私は多くの学会活動を通じて、東大出身者の臆病さも自尊心も、羞恥心も尊大さもよく理解しています。東大は臆病なのでひとりでは何もできません。必ず集団で行動します。群れるのです。東大は解脱できません。中島敦もその苦しみをよく知っていました。彼の文学には解脱できない苦しみ、本当のところが自分にはないという感覚に満ちています。しかしこの話はまた別のところですることにしましょう。

さて、今話していた視点に関して重要な例を挙げましょう。それはBunkamuraで二〇一四年十月上旬まで開催されていた「だまし絵展」に出品されていた作品ですが、福田繁雄に「アンダーグランド・ピアノ」という一九八四年の作品があります。[11] 作品は、会場で出展されたものを見ると、何か黒い、得体のしれない、めちゃくちゃなオブジェなのですが、そこに鏡が置いてあって、鏡を通してそれを見ると、ちゃんとしたグランドピアノに見えるという不思議な作品なのです。この作品は極めて逆説的に、ある真理を伝えてくれます。つまり、素晴らしい論文に見えるものも、見方を変えればその実体はめちゃめちゃであるということです。変人と言われる人も、鏡に映せば、立派な人格者かもしれない。このことが分かれば、クラウス・ポッペ作「へいわのかみさま[12]」、つまり神様が鏡を見ると、そこに悪魔が映っていたという話ですが、この物語の意味、不気味さはすぐにご理解いただけると考えます。それは対象の変化の問題と言うよりも、視点自体がもつ不気味さ、真の意味を理解すれば、視点をもって対象を見る不気味さです。私たち人間は、二つの目で、視点をもってすべてを見ていますが、実はそのこと自体、ものすごく不気味なことなのです。死んで、肉体から解放されて、視点なしでものを見る、あるいは、直観と想像力で、あるいは心眼をもってものを見るのであれば、この不気味さからは解放されるでしょう。

部分と全体とは、そもそも次元を異にするものです。部分をいくら積み上げても、全体には到達できません。手や足がバラバラにされていて、それをつなげても「私」はできません。部分は、常に《死》を連想させます。こういった感受性も、現代では消滅しているわけですが、部分的な考察というのもまた、《死》を連想させる不気味なものです。学会発表がアカデミックであればあるほど、それは生きた文学から離れてゆき、《死》を連想させます。感情を、命を無視した文学研究というものは、非人間的な文学研究です。

私は、ホイットマン同様、森羅万象すべてのものは生きていると考えております。ですから、ホイットマンを壊さずに上手に読み取りたい。そして宇宙の大きな生命の流れを感じたい。建物も、道路も、皆生きている。もちろん私の研究も、生きたものを目指しております。物は部分では生きられません。それと同じように、ホイットマンの一考察とは、ホイットマンにとっては、手だけが生きているかのような不気味なものです。重要なことは、部分から、換喩的に直観と想像力で、全体を知ることです。これは私が以前書いたアンチ・アカデミズムの本[13]のメインテーマです。そして全体を知る時に prudence が生まれるのです。アカデミズムとは部分研究です。アカデミズムとは《警察》です。それは外在的な調査研究です。女性のスリー・サイズを知ることです。女性のスリー・サイズを知っても、その女性の本質は分かりません。しかしアカデミズムは、女性のスリー・サイズを知ることが、女性の本質を知ることだと錯覚するのです。

私は《探偵》でありたいと思います。初めにすべてが直観的に分かっているものについてしか、私は書きません。通常の文学研究者は、こつこつと資料を集め、図書館などにも通い、関連の文献を収集し、そして最終的には、うまく辻褄を合わせて論文を書き、そういうことをしている自分を偉い研究者だと思っているのです。これは、実体がめちゃくちゃなアンダーグラウンド・ピアノです。どの領域でもそうですが、周りのやっていることを見て、つまり鏡（この鏡はA

Defence of Poetry の中でシェリーの言う事実をうつす、曇った、歪んだ鏡です）を見て、周りと同じようなことをやっていれば、実際にできあがる本体は、めちゃくちゃなものです。鏡にごまかされてはいけないのです。人生を棒に振ります。

研究者、インテリ、知識人というものは、傲慢さによって己の真の姿が見えなくなっているものです。ふつう鏡は、己の姿を正確にうつすのですが、まさにこの鏡が、ある視点が、傲慢さを生み出しているのです。そしてその傲慢さの背景には、心を澄まして自己を見つめる慎重さ、つまり prudence の欠如があるのです。トマス・アクィナスも述べておりますが、七つの大罪のひとつ、傲慢 superbia の反対語が、prudentia、つまり prudence であります。さてここで、そのインテリの傲慢さの例を挙げます。

> 本書の主題に関して書きたいことはすべて書き尽くしたし、成立の事情についても、見苦しいほど長い「跋」の中に感傷的な私事も交えて事細かに記したので、もはや付け加えるべきことは何もない。（中略）その後も仕事でしばしばパリに行くが、視界の隅をエッフェル塔が掠めるたび、あれはわたしの塔だ、わたしのものだという密かな思いが胸の中に昂まるのを抑えきれない。この奇妙な建築物の生成過程と意味についてこれほどの労力と時間を注いで考えつめようとした変人など、かつても今も、世界中のどこにも出現していないからである。その密かな思いを彩っているものは、ここに展開された西欧近代に対するオマージュも批判も、非＝西欧圏の知識人でなければ可能でなかったはずだという或る誇りである。

これは松浦寿輝著『エッフェル塔試論』のちくま学芸文庫（二〇〇〇年）版の後書きの一部です。傍線は私がつけましたが、傍点は著者によるものです。この本は、エッフェル塔について、それこそありとあらゆる文献を渉猟し、後ろの註を見るだけでも、著者が相当に時間と労力をかけて調査をしたことは明らかです。しかしその結果、松浦寿輝は、エッフェル塔をみて、あれは「わたしのものだ」と言うのです。もちろんこの言葉に感動する人もいるでしょう。自分の物だと思えるほど、エッフェル塔に執着し、世界一のエッフェル塔の本を書いたと、実際多くの人々がこれを賞賛しました。またこういう研究を自分もしてみたいと思った研究者もいたかもしれません。その意味で刺激的で、悪口を言った人はおそらく一人もいません。しかし、エッフェル塔を見て「わたしのものだ」というのは、傲慢ではないでしょうか。人間として恥ずかしくないのか。松浦は「わたしのものだという密かな思いが胸の中に昂まるのを抑えきれない」と書いていますが、この「抑えきれない」という興奮は、『今昔物語集』の善澄が、盗賊に向けての言葉を「抑えきれな」かったことと同質のことだと思います。一部の東大出身という人種には、強烈なプライドがあり、モンスターであるため、「抑えきれない」ということがしばしば起こり、暴言なども「抑えきれない」のです。もちろん、東大出身者のすべてがそうだというのではありませんが、大学におけるパワー・ハラスメントの多くが、東大出身者によって起こされています。他人を見下すからでしょう。インテリとは、こういうものです。裏切りのユダも、イエスの弟子の中では最高のインテリでした。『今昔物語』の善澄と同じです。小林秀雄も本居宣長も「物知り人」が大嫌いでした。ホイットマンも小林秀雄もベルグソンも、『エッフェル塔試論』を賞賛はしない、というか、大嫌いでしょう。こういうことに嫌悪感が働かなければ、「やまとごころ」は分からず、ホイットマンもわからないことになります。むしろエッフェル塔は、みんなの物であり、逆に言えば誰の物でもなく、宇宙のなかでは一粒の砂と同じです。正しい、偉大な研究をすれば、ボルヘスが「ボルヘスと私」（一九五六年）の中で述べたように、それは誰のものでもなく、伝統に属するのだ、と感じるはずです。先ほどのベルグソンを思い出して欲しいのですが、『エッフェル塔試論』は外部からある視点を持って調査したに過ぎません。これと、フランスの田舎から両親とともに観光で出てきた中学生がエッフェル塔を見て興奮して、燥ぎ回り、写真を撮りまくっているのと、どちらがエッフェル塔を強く認識しているでしょうか。またゴッホについて博士論文を書き、ゴッホについて様々な知識を持っている研究者と、ゴッホの絵に驚嘆し、そこに座り込んでしまう小林秀雄と、どちらがゴッホを強く認識しているのか。もう、私の言わんとするところはお分かりだと思います。『エッフェル塔試論』は相対的、小林秀雄は絶対的です。前者は superbia、後者は prudentia に満ちている。反対語ですから当然逆のことが起こるわけですが、私は後者でありたいと考えます。知識ではなく感動する心です。感動する心、ありありと神を実感する心を、多くの現代人は失っていないでしょうか。ホイットマンを読むとき、ボルヘスを読むとき、また中島敦を読むとき、私は神に触れます。感動する心は必ず prudence に通じます。

ホイットマンも、もちろん prudence に通じています。ですからインテリには、ホイットマンの言葉は何も作用しないのです。インテリがホイットマンを読んでも、驚くほど何も感じないでしょうし、驚くほど間違った解釈をするでしょう。イエスの人格に触れず、キリスト教だけをファリサイ人のように信仰している人にも、ホイットマンの詩は分からないでしょう。私にはイエス・キリストとホイットマンの違いが分かりません。共に prudence に満ちた、宇宙の生命を感じた人達です。

トマス・アクィナスは、『神学大全』第十一問題「神の一体性について」第一項で、ある意味において分かたれているものも、見方を変えれば分かれていない、一であるものも見方を変えれば多であり、多であるものも一である、と述べています[14]。これこそはホイットマンの本質を言い当てていると、そう言われればホイットマンの愛読者であればすぐに理解できるでしょう。日本人とかアメリカ人とか言うけれども、見方を変えれば、すべては一つ、つまり人類ではないか。また人類も他の動物や植物とともに、ひとつの命から生まれたものではないか。またその命は地球から生まれたもので、地球も全宇宙とつながっている、だから私も全宇宙とつながっている。こういったことは散歩の最中に直観的に見えるもので、机に向かって部分を研究している人には見えません。私も、草の葉も、見方を変えればすべて宇宙の中にある、宇宙の構成物で、すべて一つです。「多」はありません。このことを知識としてわかっても、なんにもなりません。ありありと実感しなければならないのです。トマス・アクィナスは神との関わりのある霊魂、すなわち形相が質料（マテリア）に存在を与えていると考えました。これはトマスの有名な言葉です。

つまりすべての存在は、唯一の存在である神の何かをまとって、ペンであればペンとして存在しているに過ぎない、仮の姿、つまり鏡の中の存在です。西洋文明は存在と本質を一度分離して、それを再度結びつけることをしますが、東洋思想にはその分離が元来ありません。西洋では科学的合理的精神によってその本質が失われ、つまり神が見えなくなったために、目に見える存在だけが、神と離れて独立して個としてあるかのようになったと考えられます。そこには人間の傲慢さがあります。目に見えるものしか見ないというのは、一つの視点からしか見ないということです。なぜそうなったかと言えばprudenceの欠如です。一つの視点からしか見ないということは、私たちが鏡の世界にいるということです。神は『出エジプト記』第三章第十四節にあるように、「私はある」が神の名前なのです。Prudenceを発見したホイットマンが、視点の世界、鏡の世界を出て、個々の存在を遡って、ひとつの存在に至り、存在の内部から、ベルグソン的に、存在と一体化して、その時、神の名を叫ぶ。それが『草の葉』の本質なのです。

しかしなぜ*Leaves of Grass*『草の葉』なのでしょうか。第一に「葉」は茎や枝から生えるもので、草から生えるものではありません。「草の葉」という言い方は実は『今昔物語』に用例があります。[15]これは阿部晴明が草の葉でカエルを殺す場面ですが、草をちぎって、ちぎられた草としてあるものを「草の葉」と呼んでおります。つまり草の葉は、葉のような形になった草なのです。つまり「葉」とは比喩なのです。英語ではこれを通常Blades of Grassと言うはずです。Leafは使いません。ちなみにインターネットでBlades of Grassを検索すると様々な用例が無数にありますが、Leaves of Grass で検索するとすべてがホイットマン関連です。つまりこの Leaves of Grass という表現が独自であることの、これは証明であります。ご承知のように、Leaf には本のページの紙、紙葉の意味もあります。とすれば Leaves of Grass とは草の本となり、草が本であると言うことになります。草のページであり、ページが草なのです。しかも草には作者がおらず、刈り取っても、刈り取っても自然にどこからか生えて来る。このまとわりつきこそ、存在にまとわりつく神の存在、すべてのものに宿る prudence、悉有仏性、存在というものにあまねく存在する神の智恵、神の配慮なのです。草は同じところに二枚生えません。おのれの分を了解し、周囲に配慮をして生えてまいります。カタツムリの模様にも、川の形にも、赤血球の形にも神の智恵、神の配慮、prudence がある。あらゆる有機体には黄金比があるということで、バルトークはそれを信じて自らの作曲にこれを反映させましたが[16]、もちろん無機物にも、ちぎられた草の葉にも prudence は存在します。その存在に、その色、その形があることには、神しか知らない理由がある。"Time, Space, Reality" の他に、《神の智恵》という次元があるのです。草が本であるとして、その草に書かれた読めない文字を読むこと、これは直観によるしかない（これは『古事記』を読んだ宣長です）。その読解にも超越的な智恵、つまり prudence が必要なのです。Prudence に満ちた宇宙の象徴として、〈草の葉〉というタイトルはおそらく絶対的であったのでしょう。

"Song of Prudence" の最後のスタンザの "What is prudence is indivisible," は、単に prudence is indivisible と書いても意味は同じようですが（この詩の仏訳[17]タイトルは単に Prudence ですが）、この書

き方にも意味があります。直訳すれば、prudence であるところのものは分割できない、ということですが、これは、prudence は分割できない、とは違います。prudence は分割できない、であれば、それは抽象的な思慮分別、慎重さが分割できないということですが、prudence であるところのものは分割できない、というのは具体的です。つまりすべての存在に prudence は形を変えて存在している。コップにも、悪人にも、愚かな人間にも、砂の一粒にも、神の配慮、このうえなく慎重に施された prudence、神の智恵があり、それはひとつだ、と言っているのです。ですからすべてに prudence が行き渡っており、そうであるがゆえに正に宇宙に否定すべきものなど存在しないのです。科学も、近代化も、したがって prudence という見地からホイットマンは受け入れるのです。このようなすさまじい肯定、偉大な精神、偉大な文学を、ただ字句だけ解釈しても何にもなりません。これはある意味、聖書や仏典を読むときと同じであります。そこに書かれた魂を読む必要がある。倫理や日常、おのれの視点に縛られた心で読んではいけません。

通常の人々は、ものを見るときに三次元でしかとらえません。しかし、もう一つの次元、超越的な神の智恵がそこにある。すべての存在は神の prudence の反映としてある。このペンは、たまたま、ある人間的視点から今ペンとして存在しているだけであって、その存在の背後には宇宙が、prudence が、神がある。日常に、マンハッタンに悟りがあるのはその意味です。仏教の修行僧が色即是空と教えられて、見るものはすべて空なのだと、自分に思い込ませるような修行をしても何にもなりません。神の智恵を理解したとき、存在、すなわち色即是空の色(しき)が、そこにある現実的人間的意味が、すべて失われて空になるのです。そして空はただちに神の智恵によって存在を取り戻します。ペンは宇宙であり、そしてまたペンに戻るのです。色即是空と言って空即是色と戻るのはそのためです。ホイットマンは、この戻ってきた世界から世界を観ておりました。これを言葉で伝達することは困難です。私は私自身を見ます。それは神自身ではありませんが、私も、prudence に満ちた神のものであるには違いありません。とすれば、“Song of Myself” の有名な言葉、“I celebrate myself.” となるのは自然でしょう。ここは従って、celebrate でなければなりません。これはインテリ的な傲慢さの現れではありません。私を神だと言うのは、インテリ的な傲慢さではありません。全く逆です。Prudence のために、神のために、自分を愛し、最も荘厳な仕方で、自己を祝福するのです。これは聖ベルナールが示した愛の四段階の最高位、すなわち「神のために自己を愛する」に一致します。“I celebrate myself.” は決してアメリカ的な、ある宣言だけではありません。それは普遍的な prudence に対する畏敬と、無限の配慮、そしてその慎重さに対する敬愛の念の現れであり、最高の《信じること》の形であると私は考えます。

日本ホイットマン協会も五〇周年を迎え、本日は祝賀的要素が濃厚にあるわけですが、神のために記念大会を祝いたい、これが最高の、本協会への祝意になるのではないか、そして日本ホイットマン協会は、“I celebrate myself.” と叫んでいるのではないか、と想像する次第です。

注

1 野中涼、『歩く文化　座る文化』、早稲田大学出版部、二〇〇三年

2 森正人校注、『今昔物語集　五』［新日本古典文学大系三七］、岩波書店、一九九六年、三三九―三四〇
なお、本文で触れたこの物語は次の註の小林秀雄の講演の中で詳しく述べられているので参照されたい。

3 小林秀雄、『小林秀雄講演【第一巻】文学の雑感〈講義・質疑応答〉』（昭和四十五年八月九日、於：長崎県雲仙、社団法人国民文化研究会主催夏季学生合宿教室）、新潮社、二〇〇四年

4 拙著、『中島敦「古譚」講義』、彩流社、二〇〇九年

5 Henri Bergson, *Œuvres*, Presses Universitaires de France, 1959, 1392–1394　邦訳：ベルグソン、河野与一訳『思想と動くもの』【岩波文庫】、岩波書店、一九九八年、二四九―二五〇頁、なおこの点については、拙論「エドガー・ポオ「盗まれた手紙」における誤訳から――Prudenceについての一考察――」、『桜文論叢』第八十七巻日本大学法学部創設百二十五周年記念号、日本大学法学部桜文論叢編集委員会、二〇一四年、八九―一一五頁を参照のこと。

6 稲垣良典、『トマス・アクィナス「存在（エッセ）」の形而上学』、春秋社、二〇一三年、一三二頁
ここでは該当のベルグソンが引用され、論じられている。

7 ウンベルト・エコのこの発言は、フランス国営放送、*La Grand Librairie*という番組に出演して。日本での放送は二〇一三年四月二日であった。

8 『マクロプロスの処方箋』には、「死ぬことも、ドアの向こうに出ていくことも同じ――あるのも、ないのも、結局は同じ」（一七五頁）という、一見ホイットマンを想起させるセリフもあるが、これらのセリフは一種の悲観主義から発せられていて、ホイットマンとは根本的に異なるものである。なお、レオシュ・ヤナーチェク（一八五四―一九二八）のオペラ『マクロプロス事件』は、もちろん本作を元としている。

9 『歎異抄』（梅原猛、全訳注）、講談社学術文庫、講談社、二〇二二年、一二六―七頁

10 小林秀雄、前掲『小林秀雄講演【第一巻】文学の雑感〈講義・質疑応答〉』

11 http://news.walkerplus.com/article/49158/image264408.html

12 エミル・シェーベ他著、浦沢直樹／スタジオ・ナッツ訳、『なまえのないかいぶつ』、小学館、二〇〇八年

13 拙著『虎の書跡――中島敦とボルヘス、あるいは換喩文学論』、水声社、二〇〇四年

14 Ad secundum dicendrum quod nihil prohibit id quod est uno modo divisum esse alio modo indivisum (sicut quod est divisum numero est indivisum secundum speciem), et sic contingit aliquid esse uno modo unum et alio modo multa. (St Thomas Aquinas, *Summa theologiae*, II, Latin text, English trans., Intro., Notes, Appendices & Glossary by Timothy McDermott O. P., Blackfriars, 1964, 158)

「ある視点から見て分かたれているものも、他の視点からは分かたれていないということに、何ら妨げはない（例えば、数的に分かたれたものも、種については分かたれざるものであって差支えはない）。このようにして、ものが、ある視点から一であり、他の視点からは多であることもかのうなのである。」

トマス・アクィナス、高田三郎訳、『神学大全』、第一冊、創文社、一九六〇年、一九五頁。

但し、この訳文は筆者が一部変更した箇所がある。

15 小峯和明校注、『今昔物語集　四』、〔新日本古典文学大系三六〕、岩波書店、一九九四年、四一四頁

16 エルネ・レンドヴァイ、谷本一之訳、『バルトークの作曲技法』、全音楽譜出版社、一九九八年

17 Walt Whitman, *Feuilles d'herbe*, trans. by Jacques Darras, Gallimard, 2002

ホイットマン “Song of Myself” 32 番の間テクスト的考察

Notre veillée est plus endormie que le dormi, notre sagesse, moins sage que la folie.[1]

Montaigne (Essais, XII)

I Text:

I think I could turn and live with animals, they are so placid and self-contain'd,
I stand and look at them long and long.

They do not sweat and whine about their condition,
They do not lie awake in the dark and weep for their sins,

They do not make me sick discussing their duty to God,
Not one is dissatisfied, not one is demented with the mania of owning things,
Not one kneels to another, nor to his kind that lived thousands of years ago,
Not one is respectable or unhappy over the whole earth.

So they show their relations to me and I accept them,
They bring me tokens of myself, they evince them plainly in their possession.

I wonder where they get those tokens,
Did I pass that way huge times ago and negligently drop them?

Myself moving forward then and now and forever,
Gathering and showing more always and with velocity,
Infinite and omnigenous, and the like of these among them,
Not too exclusive toward the reachers of my remembrancers,
Picking out here one that I love, and now go with him on brotherly terms.

A gigantic beauty of a stallion, fresh and responsive to my caresses,
Head high in the forehead, wide between the ears,
Limbs glossy and supple, tail dusting the ground,
Eyes full of sparkling wickedness, ears finely cut, flexibly moving.

His nostrils dilate as my heels embrace him,
His well-built limbs tremble with pleasure as we race around and return.

I but use you a minute, then I resign you, stallion,
Why do I need your paces when I myself out-gallop them?
Even as I stand or sit passing faster than you.[2]

Ⅱ　本章の目的、三十二番の位置づけ、そして Bertrand Russell の *The Conquest of Happiness* との比較について、六八四―六九一行

本章の目的は、一般に、その名のみ有名で、難解な、《わからない詩人》（“Song of Myself” の作品構造についてでさえ、Carl F. Strauch、Roy Harvey Pearce、James E. Miller, Jr.、Harold Bloom らの研究者によっ

て説が分かれるのみならず[3]、その内容に関してはほぼシュールレアリスムと言って良い部分もあり、読者によってその解釈はまちまちであり、ホイットマンの真意には通常辿り着けない、という一般的理解において）と考えられているウォルト・ホイットマンのテクストに対して、比較文学で言うところの **l'explication de texte** の方法により、間テクスト的分析をすることで、“Song of Myself” 三十二番におけるホイットマンの真意を可能な範囲で合理的に明らかにすることである（もちろん対象がホイットマンであるから、それが可能なのはテクストの一部に限定される。行で示せば、六八六―六九一、七〇一―七〇六などである）。この **l'explication de texte** とは、フランス派の比較文学の、いわば王道的手法であり、ジャック・デリダによるカフカの「掟の門前」の分析[4]などがその典型としてあるが、これはテクストを深く読み込んで分析してゆく、掘り下げていくと、いわば表層とは別の鉱脈にぶつかり（そこで《比較》という作業が生じる）、さらに掘り下げるとまた別の鉱脈に、というように、諸テクストがレファレンスとして召喚され、またその各々のテクストが別のテクストを呼び寄せるという、理論的にはひとつのテクストがすべての文学に通ずるかもしれないと思わせるような、実は極めてホイットマン的な方法論でもある。

　ホイットマンの代表作 *Leaves of Grass*（『草の葉』、初版一八五五年）は、世界文学に対して巨大な影響力を持った作品であり、十九世紀後半から二十世紀にかけて、ヨーロッパ、アメリカ、ラテンアメリカ、そして日本にも大きな影響を与えた。多少その評価についてここで述べれば、アメリカではエマソン、ソローが直ちに *Leaves of Grass* を評価したし、一八六八年にはドイツの詩人フェルディナント・フライリヒラートがドイツ語訳を発表した。また同年イギリスではウィリアム・マイケル・ロセッティの力により、『ウォルト・ホイットマン詩集』(*Poems of Walt Whitman*)が刊行された。また後に述べるバートランド・ラッセルの一九三〇年の著作『幸福論』(*The Conquest of Happiness*)にホイットマンが引用されているのは有名であり、また彼の友人であったレイフ・ヴォーン＝ウィリアムズの*The Sea Symphony*(一九〇三年に作曲が開始され一九一〇年に完成)もその歌詞はホイットマンから採られている(つまりラッセルの周辺では当時、ホイットマン・ブームがあったことは確実である。また、ホイットマンの詩から作られた楽曲は、ヨーロッパ、イギリス、アメリカにおいて相当数存在する)[5]。また、一九五〇年代六〇年代のビート・ジェネレーション、アレン・ギンズバーグやジャック・ケルアック、あるいはアドリエンヌ・リッチやゲーリー・スナイダーなどにもホイットマンが影響を与えたことはよく知られている。また我が国においても、ホイットマンは、夏目漱石によって初めて紹介され、それ以降、有島武郎、武者小路実篤、あるいは白樺派に大きな影響を与えているが、ここで特筆したいのが、アルゼンチンの、二十世紀を代表する作家ホルヘ・ルイス・ボルヘスへの影響である。

It was also in Geneva that I first met Walt Whitman, through a German translation by Johannes Schlaf (“Als ich in Alabama meinen Morgengang machte”—“As I have walk’d in Alabama my morning walk”) Of course, I was struck by the absurdity of reading an American poet in German, so I ordered a copy of “Leaves of Grass” from

London. I remember it still—bound in green. For a time, I thought of Whitman not only as a great poet but as the only poet. In fact, I thought that all poets the world over had been merely leading up to Whitman until 1855, and that not to imitate him was a proof of ignorance. This feeling had already come over me with Carlyle's prose, which is now unbearable to me, and with the poetry of Swinburne. These were phases I went through. Later on, I was to go through similar experiences of being overwhelmed by some particular writer.[6]

これはボルヘスが、スペイン語ではなく英語で発表した自伝からの引用であるが、ここでのボルヘスのホイットマン崇拝は並大抵のものではない。ホイットマンを「唯一の」詩人と見做しているのである。ボルヘスは後にもホイットマンを模倣するような詩を書いているが、ホイットマンに《なる》ことを若いボルヘスは目標としたのであった。当時のボルヘスの周辺にあったウルトライスモの運動や、当時の文学仲間にも、このホイットマンの影響は波及したと考えられる。後に世界的文学者となるボルヘスの青年期にホイットマンの存在があることは見逃せない。またボルヘスは、七十歳になった時に、*Leaves of Grass* を自らスペイン語に翻訳し出版している。[7]ボルヘスはホイットマンを、青年期から晩年に至るまで生涯忘れられなかったのだと考えられる。以上のことからも、ホイットマンがマイナーではなく大詩人であり、その研究はアメリカ文学研究においても重要なことが理解されるだろう。なお、ボルヘスのホイットマンの影響については、本章の最後の方で再び取り上げることになる。

そのホイットマンの *Leaves of Grass* の中核となるテクストが、この“Song of Myself”、「私自身の歌」なのであるが、今回扱うこの三十二番が“Song of Myself”の中核的テクストであり、それ自体が有名であるというわけでは必ずしもない。冒頭の一番に比べれば印象も薄く、読み飛ばされる可能性の高いテクストでもある。三十二番に限定して研究が特にされているというわけでもなく、限定的な先行研究はないと言っていい。[8] おそらく唯一、三十二番が問題となると言えば、ラッセルの『幸福論』との関連においてであろうが、その研究もほとんどないと言ってよいのである。

この“Song of Myself”は、一八五五年の初版ではタイトルは付されていなかったが、翌年の第二版では“Poem of Walt Whitman, An American”となり、一八六〇年の第三版では、大文字で“WALT WHITMAN”となり、第七版、一八八一年に現在の“Song of Myself”となった。[9] このようにタイトルの変遷はあるが、ホイットマンが表現しようとしていた本質、構造主義的に言えば《構造》structure とは何かと言えば、それは、《ホイットマン》としか言いようのない、あるいは《ホイットマン》と言えば通用してしまうある個性であり、ホイットマン自身のこと、ホイットマンから見れば《私》であり、《私》の不思議の発見、全宇宙に匹敵する《私》の発見の喜びであった。それは“Song of Myself”の冒頭、“I celebrate myself,.... ”にすべて表現されていると言ってよいのであるが、この点については後述する。

さて、今回の三十二番であるが、これはバートランド・ラッセルの『幸福論』に、エピグラフ的に引用され、その箇所は、六八四行から六九一行である。まず冒頭に"I think I could turn and live with animals,"とあるが、岩波文庫訳では、「ぼくは方向を転じて動物たちといっしょに暮らすこともできそうだ[10]」と訳されている。またラッセルの『幸福論』、安藤貞雄の訳によると、「ぼくは道を転じて、動物たちとともに暮らせるような気がする[11]」となっている。両者とも「方向」や「道」を転じるなどと訳しているが、具体的に転じる状況が見えてこない。「方向」や「道」などという言葉は、文脈なしにいきなり使われても抽象的な表現にならざるを得ず、具体的には何を言っているのかわからない。イメージがわかないのである。ここでの問題は、"turn"をどう訳すか、どういう意味・状況として捉えるかなのであるが、斎藤秀三郎の『熟語本位英和中辞典』には、「人に尻を向ける」という訳があり（尻ではなく背でも同じであるが）、また*OALD: Oxford Advanced Learner's Dictionary*には"to move your body or part of your body so as to face or start moving in a different direction"とあり、この"turn"はまさにそういった意味であろうと考えられる。つまり、これまで「私」は人間社会に生きており、人間に囲まれ、人間に向いて生きてきたが、今は人間に背を向け、動物の方を向いて、動物と共に生きられそうだ、というのがホイットマンの真意であろう。「方向を転じて」も「道を転じて」も"turn"の訳としては間違ってはいないかもしれないが、何から方向を転ずるのか、道とは何か、何がここで具体的に起こっているのかの説明を既訳に求めることはできないだろう。ホイットマンの翻訳にはこういったことが多々あり、それ故にl'explication de texteが、立ち止まって、考え、テクストを味読し、正しい解釈を発見することが、すべての場合に必要になってくるのである。

人間社会から方向を転じて、動物たちとの暮らしに向かう、とは、現実的に、例えばペットと暮らす、犬や猫を飼ってこれらと暮らす、ということを意味していない。ここは、テクストによれば、人間の、ある仕方での《不幸》から、穏やかで自足している動物の《幸福》に向かうことであり、その《幸福》を眺めることである。動物は、あくせくしない、悲観的にもならない、罪も義務も感じない、不満も所有欲もなく、他者や父祖を拝むこともないものの謂として抽象的に用いられているのであり、具体的な、現実的な何かの動物を、たとえ後に意味することになるとしても、ここでは意味していない。もちろん動物にもある感情があることはここでも否定されてはいないが、ホイットマンの《動物》は、ある《幸福》の象徴として描かれており、ラッセルが注目し、自著のエピグラフとして選択した理由も、この点に注目したからであろう。そしてラッセルの『幸福論』の冒頭は、この《動物》で始まるのである。そして後に明らかになることであるが、ラッセルは、ホイットマンの本質をよく理解して、エピグラフとしてこの三十二番を引用している。

Animals are happy so long as they have[12] health and enough to eat. Human beings, one feels, ought to be, but they are not, at least in a great majority of cases.

ここでは人間は、健康で食べるものがあっても不幸である可能性が示唆されている。ここから少しラッセルの文脈を追えば、次に動物が登場するのは次の箇所である。ここは人間もまた動物であり、動物は象徴としては幸福であるが、生存競争もある程度はすることになる。以下には幸福と富との関係も示唆されている。

The human animal, like others, is adapted to a certain amount of struggle for life, and when by means of great wealth homo sapiens can gratify all his whims without effort, the mere absence of effort from his life removes an essential ingredient of happiness.[13]

さらに『幸福論』に登場する動物を追っていくと、次の引用にも動物が観察できる。これは「退屈」との関係で動物が考えられているが、これはラッセルが、対象である動物に《なる》行為を通じて、すなわちラッセルの相互主体的な判断によって書かれている。つまり「動物は退屈しない」という判断、あるいは想像である。これも我々は、いわゆる動物ではないので原理的には、そして正確には判断はできない性質のものであるが、動物の身になって、相互主体的に、想像力を働かせて考えればそう思われるということである。科学的でないことがすべて間違っていると判断することは間違っている。相互主体性、intersubjectivity が正しいことも充分にあり得ることである、とラッセルはスピノザ的に、ベルグソン的に、小林秀雄的に、そしてホイットマン的に考えていると推察できる。

Animals in captivity, it is true, become listless, pace up and down, and yawn, but in a state of nature I do not believe that they experience anything analogous to boredom. Most of the time they are on the lookout for enemies, or food, or both; sometimes they are mating, sometimes they are trying to keep warm. But even when they are unhappy, I do not think that they are bored.[14]

しかし「退屈」とは人間にとっては、実は重要な要素である。以下の引用はラッセルの重要な人生論であり芸術論でもある。人間は、退屈を容認するのみならず、退屈には偉大な作用がある、というよりも、退屈さ、静かな生活、何もない生活の中に偉大さがあるのである。これはある仕方で、ホイットマンにも通ずるものがある。

All great books contain boring portions, and all great lives have contained uninteresting stretches. ... All the best novels contain boring passages. A novel which sparkles from the first page to the last is pretty sure not to be a great book. Nor have the lives of most great men been exciting except at a few great moments. ... Altogether it will be found that a quiet life is characteristic of great men, and that their pleasures have not been of the sort that would look exciting to the outward eye.[15]

そしてラッセルは、『幸福論』において重要な《大地》論へと進んでいく。この《大地》こそは《動物》の、そしてホイットマン的なるものの変奏であり、『幸福論』の根幹をなすものである。科学者でもあるラッセルは、こういった《大地》Earthというような文学的な表現は避けたかったようであり、この点については別の表現が見出せなかったようであるが、《大地》のかわりに類似的に《宇宙》と表現することも可能であったのではないかと考えられる。しかしそれでは《動物》との連想が失われるため、やはりその上で動物たちが躍動する《大地》こそが、この場合にふさわしい表現であったことが、これによって確認できるのである。ちなみに同じ理由から、次のEarthは「地球」ではなく、やはり「大地」と訳すべきであることも確認できる。ラッセルは後に「宇宙」（universe）という言葉も使っているが、これは《大地》の変奏である。

I do not like mystical language, and yet I hardly know how to express what I mean without employing phrases that sound poetic rather than scientific. Whatever we may wish to think, we are creatures of Earth; our life is part of the life of the Earth, and we draw our nourishment from it just as the plants and animals do.[16]

この“our life is part of the life of the Earth”という部分は、ラッセルの文章でありながら極めてホイットマン的な意味であり、その意味で重要である、と同時に、これはラッセルが、ホイットマンから学んだもの、ホイットマンからの重要な影響であるとも考えられる箇所である。なぜならホイットマンの思想、世界の見方、あるいは"Song of Myself"の主題が、正にこの認識、すなわち宇宙の、大地の一部としての《私》だからである。これは"Song of Myself"の冒頭"I celebrate myself, …."を読めばわかるのであるが、これについては後述する。

そしてラッセルの《大地》論は、次の引用で、極めて核心的な表現に近づいていく。

> One of the worst features of nervous fatigue is that it acts as a sort of screen between a man and the outside world. Impressions reach him, as it were, muffled and muted; ... All this is at bottom a penalty for having lost that contact with Earth of which we spoke in the preceding chapter.[17]

間テクスト的に、ここから二つのテクストをレファレンスとして呼び出すことが可能となる。まず引用の"a sort of screen between a man and the outside world"であるが、この「スクリーン」は、『荘子』外篇天地第十二にでてくる「機心」と要は同じことである。

子貢が南方の楚に行き、晋に戻ってきたが、途中、漢水の南を通りかかったとき、ふと見ると、ひとりの老人が畑を作っているところで、地下道を掘って井戸に入り、甕を抱えあげては、井戸水を汲み出して畑に注いでいた。あくせくからだを動かしているのだが、効果は少ない。それを見た子貢は「機械があったら、一日に百畦も水がかけられますよ。わずかな力で効果があがる。やってみる気がありませんか。」といった。畑を作っていた老人は、子貢をふりあおいだ。「どうするのかね。」「木に穴をあけて機械を作り、後部は重く前部は軽いようにする。そうすると、ものを引くように水が汲めますし、湯が溢れるように早くできます。その機械をはねつるべといいます。」老人はむっと顔色を変えたが、笑って言った。「先生から聞いた話だが、機械を持てば、機械によるしごとが必ず出てくるし、機械を用いるしごとが出てくると、機械に捉われる心が必ず起きる。機械に捉われる心が胸中にわだかまると、純白の度が薄くなり、純白の度が薄くなると、精神が定まらない。精神の定まらぬところには、道は宿らない。わしは知らないわけではない。恥ずかしくて作れないのじゃ。」子貢はすっかり恥じいり、うつむいて黙ってしまった。[18]

「機械に捉われる心」とは原文では《機心》と表現されている。「梃の原理」を応用したと思われる「はねつるべ」といった単純な機械でさえ、この老人はその製作や使用を拒否する。それは、機械を使用すると精神が不安定になるという理由からである。それは精神と現実世界との間に「スクリーン」が生じ、「純白の度が薄くなり」白が白に見えなくなるからである。もちろん、これも《動物》論、そしてホイットマンのテクストと無関係ではなく、要は《機心》がないこと、対象の直接性、あるいは直接性の保障が《動物》であり《ホイットマン》であるということになる。

この「スクリーン」は、中島敦にとっては《文字》であり、次の中島敦「文字禍」からの引用では「薄被（ヴェイル）」と表現されているものである。

獅子（しし）という字は、本物（ほんもの）の獅子の影ではないのか。それで、獅子という字を覚えた猟師は、本物の獅子の代りに獅子の影を狙（ねら）い、女という字を覚えた男は、本物の女の代りに女の影を抱くようになるのではないか。文字の無かった昔、ピル・ナピシュチムの洪水（こうずい）以前には、歓びも智慧（ちえ）もみんな直接に人間の中にはいって来た。今は、文字の薄被（ヴェイル）をかぶった歓びの影と智慧の影としか、我々は知らない。近頃人々は物憶（おぼ）えが悪くなった。之も文字の精の悪戯（いたずら）である。人々は、最早（もはや）、書きとめて置かなければ、何一つ憶えることが出来ない。着物を着るようになって、人間の皮膚が弱く醜（みにく）くなった。乗物（のりもの）が発明されて、人間の脚が弱く醜くなった。文字が普及（ふきゅう）して、人々の頭は、最早、働かなくなったのである。[19]

ホイットマン、あるいはラッセルに即して、この「薄被（ヴェイル）」、あるいは「スクリーン」を考えれば、直観と想像力で《私》を《大地》の、《宇宙》の一部と実感できた瞬間に、この「スクリーン」は消えることになるし、《文字》をもたない《動物》にはそもそもこの「スクリーン」は存在しないという解釈を、ホイットマンもラッセルも認めるだろう。「スクリーン」が存在しないことが、ラッセルにとって、そしてまた中島敦にとっても《幸福》なのである。そしてこの『荘子』的解釈によって、「スクリーン」があるということは、ラッセルのこの引用にもあるように《大地》との接触を失うことになり（…having lost that contact with Earth….）、この箇所はドストエフスキイの『罪と罰』の次の箇所を想起させることになる（他にもドストエフスキイといえば『悪霊』の冒頭近くにホイットマンを彷彿させる箇所がある)。[20]これは『罪と罰』のクライマックスであると同時に、ラッセルの述べる penalty のひとつの形でもあるだろう。

とうとう彼は、自分が今どこにいるかさえ覚えないで、そこを離れた。が、広場のまん中まで行った時、とつぜん彼の内部にある衝動が起った。ある感じが一時に彼を領して、身心の全幅をとらえつくした。／彼は急にソーニャの言葉を思い出したのである。「四つ辻へ行って、みんなにおじぎをして、地面へ接吻なさい。だって、あなたは大地に対しても罪を犯しなすったんですもの。そして、大きな声で世間のみんなに、『私は人殺しです！』とおっしゃい。」この言葉を思い出すと、彼は全身をわなわなとふるわせ始めた。この日ごろ、殊にこの四五時間の、出口もないような悩ましさと不安は、すっかり彼を圧倒しつくしたので、彼はこの新しい、充実した渾然たる感情の可能性へ飛びこんでいった。それは一種の発作のように、突如として彼を襲い、彼の心の中で一つの火花をなして燃え上り、たちまち火焔の如く彼の全幅をつかんだのである。そのせつな、彼の内部にあるいっさいが解きほぐれて、涙がはらはらとほとばしり出た。彼は立っていたままその場を動かず、地面へどうと打ち倒れた……／彼は広場のまん中に膝を突いて、土のおもてに頭をかがめ、歓喜と幸福を感じながら、その汚ない土に接吻した。[21]

この「歓喜と幸福」は、《大地》との接触によってもたらされたものである。そしてホイットマンの "turn" は、この主人公ラスコーリニコフの turn でもあるだろう。なぜラスコーリニコフが罪を犯したのかと言えば、それは、図式的に言えば「スクリーン」のせいであり、《大地》との接触が奪われ、心が分裂(「ラスコーリニコフ」の意味は「引き裂かれた者」だと言われている。便宜上ローマ字表記にするが、これはロシア語のraskolから作られた言葉で、その意味は「分裂、分割、分離」などである)したからである。そしてなぜその精神的分裂が生じたのかと言えば、それは「機心」のせいである。《近代》というものがこの「スクリーン」の原因であり、それは人間を、ある仕方で本来の姿である《動物》から引き離すもの、人間を《幸福》から遠ざけるものである。そこでホイットマン的な《動物》が要請された、というのが十九世紀的な文脈というものであろう。この文脈は、ここでは論及しないが、ボードレールによっても、ハーマン・メルヴィルによっても確認できるだろう。

このドストエフスキイの引用が、また、逆に想起させるのがラッセルの『幸福論』のエンディングである。『幸福論』は次の引用をもって終わるが、そこでは不幸は分裂であり、幸福は、おのれを「宇宙の市民」だと感じることだ、とはっきり述べられている。生命の大きな流れとおのれが結合していること、これがホイットマンの影響でなくして何であろう。ラッセルの『幸福論』は、ホイットマンのエピグラフで始まり、ホイットマンのテーマで終わるのである。

All unhappiness depends upon some kind of disintegration or lack of integration; there is disintegration within the self through lack of coordination between the conscious and the unconscious mind; there is lack of integration between the self and society, where the two are not knit together by the force of objective interests and affections. The happy man is the man who does not suffer from either of these failures of unity, whose personality is neither divided against itself nor pitted against the world. Such a man feels himself a citizen of the universe, enjoying freely the spectacle that it offers and the joys that it affords, untroubled by the thought of death because he feels himself not really separate from those who will come after him. It is in such profound instinctive union with the stream of life that the greatest joy is to be found.[22]

この「宇宙の市民」“a citizen of the universe”とは、我が国で言えば慈雲尊者の思想そのものであるが、[23]これはホイットマンの思想そのものでもあり、この点についてはすでに本章の前の諸章によって明らかにしたことである。ラッセルにおいては、以上の引用からも分かるように、《動物》それ自体に対する考察はそれほど深まっているとは言えない。デカルトの動物＝機械論に論及したり、その他幾多もある動物論などは引用されていない。それはなぜかと言えば、ラッセルの関心は動物そのものではなく、その背後にある《宇宙》や《大地》にあるからである。それはホイットマンにおいても同様である。しかしこれについてのさらなる論究は後述することにして、先にこの《動物》についての考察をさらに深めることにする。いずれにせよ、ラッセルがホイットマンをいかに深く読み解いていたかは、この“a citizen of the universe”から明らかであろう。

Ⅲ《動物》、あるいはコミュニケーション不可能性としての《詩人》、六九二―八

六九二行以下は、“So they show their relations to me and I accept them, ／They bring me tokens of myself, they evince them plainly in their possession.”となっており、この箇所は、岩波文庫訳では、「こうして彼らはぼくとの因縁浅からぬことを示してくれ僕も彼らを素直に受け入れる、彼らはぼくにぼく自身の形見を届けてくれ、それが紛れもなく彼らの持ち物であることを示してくれる」[24]と訳されているが、一般読者にはこれは意味不明の箇所ではないだろうか。ホイットマンが「わからない詩人」と評価されるゆえんもこういった言葉遣いにあると言えよう。ここでの“they”はもちろん「動物（たち）」を意味している。動物たちは私に対する彼らの諸関係を示し、それを私は受け入れるのである。そして動物たちは私に、私の記念物、形見（「私」はすでに死んでいるのであろうか?）、しるしを持ってくる。そして動物たちは、その記念物、形見、しるしが、彼らの所有物であることをはっきりと示す、というのである。これはどういうことか。

おそらくこれは、動物に向かい合う人間である私が、人間であるがゆえに、普段は忘却しているが、動物的特徴を“token”として所持していることを意味しているのではないだろうか。“token”とは、*Century Dictionary* によれば、“A memorial of friendship; something by which the friendship of affection of another person is to be kept in mind; a keepsake; a souvenir; a love-gift”という意味であるが、この意味では動物と「私」との間に、ある種の友情、ある種の愛情、親密さがあるこ

とになる。"token"とは、「私」が知り、動物たちも知っているある何か、ということになる。ここでまず考えられることは、「私」とは、一般的な人間ではなく、何かをもった特殊な人間、つまりテクストの語り手である《ウォルト・ホイットマン》であるということである。まずこの文学的事実こそは忘れてはならないだろう（Stefanie Heine によれば、人間圏と非人間圏がホイットマンにおいては相互依存的であるという。"(...), Whitman insists that human and non-human spheres are interdependent, involved in mutual exchange, and constantly intermingling."[25]《動物》と《私》が相互依存的であることは、正にこの三十二番のテクストが教えるところである）。テクストの先は"I wonder where they get those tokens, ／Did I pass that way huge times ago and negligently drop them?"となっており、すなわち動物はどこでその"token"を手に入れたのかという疑問が示されている。しかしこの疑問に答えることは、形式論理的には容易ではないだろうか。つまりラッセルの文脈で言うところの《大地》である。動物は《大地》と接触しているがゆえに《幸福》なのであり、その《大地》との接触が失われれば、ラッセルの言うように、またドストエフスキイが『罪と罰』の中で示したように、人間は分裂し、《機心》が生じ、精神が不安定になり、不幸になる。人間は本来《動物》であり、《大地》と接触して生きてきたのであるが、いつの間にか、近代化とともに、この直接性を失ってしまった（これを失わせたのが、プラトンによれば《文字》、荘子によれば《機械》となる）。"token"とは《大地》との接触によって得られた何かのしるし、《大地》を思い出させてくれるものであり、"Did I pass that way huge times ago and negligently drop them?"とは、人間が（ホイットマンではなく）それを失ってしまったことを、ホイットマンが人間に成り代わって表現したものに他ならない、と一応考えることができるだろう。

しかしテクストは、一般的人間を眼中に置くことなく、次のスタンザでは「私」＝《ホイットマン》の図式が回復され、人間ではありえない、《ホイットマン》の永遠性、無限性が語られることになる。[26] "Myself moving forward then and now and forever, ／Gathering and showing more always and with velocity, ／Infinite and omnigenous, and the like of these among them," つまり《ホイットマン》は永遠に前進する。これは《ホイットマン》が通常の人間ではなく、ある種の精神性、魂のようなものであることを示している。そう解釈しなければ、この詩句は理解を超えてしまうだろう。つまり《ホイットマン》は、肉体を、その物質性を超越して、宇宙を彷徨する存在なのであり、おそらくそれは死をも超越し、宇宙から消滅することのない存在なのである（魂の無限性、不死についてプラトンは『パイドロス』の中で語っている。考え得る諸理由から、ホイットマンはこれを読んでいたのではないかと筆者は推測している）。

ホイットマンの思想によれば、死んでも魂はなくならない。これは一般的には理解しがたい説であるかもしれない。死ねば肉体も滅びるし、死んだ人にはもう会うことが出来ない、ゆえに消滅したのだと考えるのが一般人の一般的な考え方かもしれない。ところが《ホイットマン》は、論理的根拠もなく、直観的に魂が不滅であることを悟るのである。論理的、合理的ではないために、そして説明もないために、詩人の言葉は一般人には「わからない」、詩人の思想は一般人には「わからない」、詩人の世界は一般人から隔離され、それは《動物》のように扱われるのである。

この点については、萩原朔太郎の、大正四年五月の文章、「言はねばならない事」を参照したいと考える。

> 私は子供のときからよくかういふ事を考へるくせがある。自分が若しある何等かの重大なる神罰を蒙るとか、又は気味の悪い魔術にかかるとかして……お伽話にあるやうに……私の肉体が人間以外の動物に変形した場合の生活はどうであるかと。
>
> たとへば私が人気のない寂しい森を散歩して居る中に、突然Fairyといふやうなものが現れて私といふ人間を一疋の犬に変形してしまふ。
>
> 私は尻尾をひきずりながら主人の家、ではない私自身の家に帰つてくる。私はいきなり懐かしい母の姿を見つけてこの恐ろしい事件の顛末を訴へようと試みる。併し、母は一疋の見知らぬ犬としか私を認めてくれない。私がいろいろな仕方で、尻尾をふつたり、吠えたり、嘗めたりするにもかかはらず母には少しも犬の意志が通じない。そのうへ私が悲鳴をあげて泣き叫ぶにもかかはらず、種種な迫害を加へた上、私を庭の外へ追ひ出してしまふ。
>
> 世の中にこんな取り返しのつかない悲惨な出来事があらうか。犬の意志が人間に通じないと言ふことは驚くべき神の悪戯である。
>
> 而して、もちろん、詩人としての私は魔術にかかつた犬である。[27]

「犬の意志が人間に通じない」という、あたりまえのことが、朔太郎によって「驚くべき神の悪戯である」と言われると、そこに、あるディスコミュニケーションの深淵が、詩の、そして文学の極意が垣間見られるような気がする（この深淵があるにもかかわらず、人が《文学》を享受し感動するのは、後に述べる超越的な《神の狂気》があるからであるとも考えられる）。詩人と一般人との間で言葉の交通が滞りなく行われるのであれば、そこに《文学》はない（情報伝達のために使われる言葉は《文学》にはなり得ない）。《ホイットマン》の把握していた直観が、言葉によって理解可能であれば、そこに《詩》はない。そして文学研究、ホイットマン研究が正統的なものであれば、その理解不可能な部分を、研究者は自らの直観と想像力によって理解するのが本当であろう。詩人とは《動物》である。それは朔太郎が書いているとおりである。そしてこの《動物》は中島敦が「山月記」で描いたものでもある。「山月記」というタイトルは、ある英訳によれば"Tiger Poet"と訳されているが、これは正に虎になった詩人の物語である。しかし、朔太郎の言い分を中島敦に従って解釈すれば、詩人とはそもそも動物、すなわち《虎》だということになるのである。詩人は常人とコミュニケーションが出来ない。詩人は直観、あるいは直感と想像力で対象を把握する（そして書く）が、常人にはこれが出来ない。このコミュニケーションの不可能性は、ある仕方で恐怖であるが、「山月記」の李徴の感じる恐怖は独特であり、それは分裂自体に存在する恐怖であり、ロバート・ルイス・スティーブンソン（一八五〇―一八九四）の『ジキル博士とハイド氏』（一八八六）にも比較可能なものである。

ただ、一日の中に必ず数時間は、人間の心が還って来る。そういう時には、かつての日と同じく、人語も操れれば、複雑な思考にも堪え得るし、経書の章句を誦んずることもできる。その人間の心で、虎としての己の残虐な行のあとを見、己の運命をふりかえる時が、最も情なく、恐しく、憤ろしい。しかし、その、人間にかえる数時間も、日を経るに従って次第に短くなって行く。今迄は、どうして虎などになったかと怪しんでいたのに、この間ひょいと気が付いて見たら、己はどうして以前、人間だったのかと考えていた。これは恐しいことだ。[28]

この最後の部分は『荘子』の有名な「胡蝶の夢」の変奏であるが、李徴のこの「動物か人間か」の問いに対しては、李徴は次のように考えている。

己の中の人間の心がすっかり消えてしまえば、恐らく、その方が、己はしあわせになれるのだろう。だのに、己の中の人間は、その事を、この上なく恐しく感じているのだ。[29]

つまり李徴は、動物になりたくはなく、スピノザ的に、人間のままでいたいと願っている。これはボルヘスの「ボルヘスと私」（"Borges y yo," 1956）にも出てくる、スピノザのコナトゥス＝恒常性である。しかし李徴は、《動物》であることの、《動物》になりきってしまうことの、つまり、分裂していない状態のラッセル的《幸福》にも気づいている。この点が、中島敦の複雑なとところでもあり、またこの迷いにはある魅力がある。またこの箇所は、ラッセルの『幸福論』の、ある仕方での反論にもなっていて興味深い。すなわち、精神の分裂にも、ある種の人間的な救いがあるのではないかという可能性である。動物になり幸福になってしまうことへの恐れ、分裂がない状態を「恐しく感じ」る感性の指摘である。《動物》になりきってしまうことが、本当に《幸福》なのかと言えば、当然疑問が生じるのではないか。分裂状態が動物的幸福よりもより良い場合もあるのではないか。理解者がいないということ、コミュニケーションが出来ないということも、見方を変えれば、それはそれで良いことである場合もあるのではないか。そして、万人にわかるように詩を書かなかったホイットマンは、そのように考えていたのではないか。しかし李徴はその地点には達していない。次の李徴の苦しみは、充分に同情できる性質のものであるが、現実の、作品発表の機会に生前恵まれていたとは言えない中島敦の、苦悩とも重なる部分があると考えられる。

> たとえ、今、己が頭の中で、どんな優れた詩を作ったとした所で、どういう手段で発表できよう。まして、己の頭は日毎に虎に近づいて行く。どうすればいいのだ。己の空費された過去は？　己は堪らなくなる。（中略）天に躍り地に伏して嘆いても、誰一人己の気持を分ってくれる者はいない。[30]

ホイットマンであれば、分かってくれる者がいなくても嘆きはしないだろう。分かってくれない者とも、どこかで必ず通じ、分かり合えていると楽観するのがホイットマンである。分かる者も素晴らしいし、分からない者も素晴らしい、とホイットマンであれば言うであろう。しかし李徴にはそういった連帯感、あるいは全体、宇宙とのつながりといったものが見えていない。それは李徴がインテリであることを意味している。李徴はあるエコノミー、ある円環の中に閉じ込められており、そこから《外出》することができない。輪廻しており、解脱ができない。李徴は作品が発表できないこと、作品を書けなくなりつつあることに恐怖し、嘆くのであるが、その李徴の作品とは、

格調高雅、章趣卓逸、一読して作者の才の非凡を思わせるものばかりである。（中略）しかし、このままでは第一流の作品となるには、何処か（非常に微妙な点に於て）欠ける所があるのではないか。[31]

と作中で評されているのである。これまで、ラッセル、ホイットマン、ドストエフスキイ、朔太郎と、《動物》、《大地》、あるいは《宇宙》をめぐって思考してきたが、その文脈から考えれば、中島敦論において大問題となっているこの「（非常に微妙な点に於て）欠ける所」とは、虎と人との分裂、《動物》と人間との分裂、そしてそこから派生する《不幸》にあるのではないか。第一流の、人を真に感動させるものは、人間を感動によって《ひとつ》にさせるものなのではないか。本章Ⅱ章の最後の引用でラッセルの言っていた“integration”である。ちょうど『罪と罰』のラスコー

リニコフが、広場の真ん中で我を忘れて大地に接吻するシーンを読んだ読者が感動する、その理由が、ラスコーリニコフが心身ともに《ひとつ》になっているからであるように、そのような全的なもの、integrationが、李徴に欠けているからではないだろうか（この「全的なもの」とは、本書第六章で引用されるベルグソンにおける《絶対的なもの》、すなわち内在的なものを意味する。この関連を忘れずに、第六章に進んで欲しい）。李徴は虎と人とに分裂している。第一流のものは、ホイットマンのように、みな忘我の境地から、後述する《神の狂気》から創作されているのではないか。それは《幸福》とも《大地》とも《動物》とも結びついている。李徴の作品は、知的で、技巧的で、レトリックに満ちているが、それは所詮《正気》（あるいは《意識》）のなせるわざに過ぎず、神の《狂気》（あるいは《無意識》）によって作られた作品には及ばないのではないか。人は《大地》から離れて生きられない。ホイットマンの詩が世界に大きな影響を与えたのも、ホイットマンが《ひとつ》に《なる》こと、Stefanie Heineの言い方を借りれば《他者》に《なる》こと（ジョン・キーツの有名なChameleon Poetをここで想起し、中島敦の「かめれおん日記」についても想起してほしい）、《すべて》に《なる》こと、[32]そして《動物》にturnすることが、人に感動を与えたからに他ならない。ラッセル、ドストエフスキイ、朔太郎、中島敦等との間テクスト的分析から、そのようなことが明らかになるのではないだろうか。

Ⅳ　合理性の追求、六九六―七〇九行目の解釈について

さて、ここから読者は、ホイットマンのわからなさ（誤解のないようにここで私見を挟むが、詩は、そして文学・芸術は、そもそも《わかる―わからない》の次元で評価されるべき性質のものではない。それは心で感ずるもの、味わうものであり、頭で理解するものではない。ホイットマンの詩が《難解》だというのは、そもそも当たらないことなのである。そのことをふまえた上で、筆者は、文学研究者としては、詩がわからなければ文学はわからないし、したがって研究もあり得ない、と考えている）に更に直面することになる。このスタンザから《私》＝《ホイットマン》は、永遠に前進し続け（どこを？）、そして《私》は“Infinite”「無限」であり、“omnigenous”「あらゆる種類の、すべての発生する」ものであり（《私》は宇宙そのものなのか？）《私》の形見が欲しい人を拒否せず、一匹の、おそらく馬を選択し、兄弟のように睦まじくともに進む、というのがこの六九六―七〇〇行の内容である。これをどう解釈すれば、ある合理性に到達するのか。あるいは合理性などそもそも（詩であるから）追求しなくてもいいのだろうか（《私》を「法界虚空蔵菩薩」のような存在であると考えれば、合理的な説明が可能となるだろう。菩薩であれば、infinite であり、omnigenous であることは充分にあり得る。エマソンと東洋思想については多くの研究がなされているが、ホイットマンについてもこのテーマは大変興味深いものとなり得るだろう。ホイットマンは仏画、仏像、仏教説話に触れたのではないだろうか。この点に関して筆者は肯定的ではないが、三十二番の想像力は、極めて仏教的であるという解釈はあり得るだろう。ちなみに、東寺にある唐代九世紀につくられたとされる「法界虚空蔵菩薩」像は馬に乗っている）。

ホイットマンの詩は音にそれほど依存するものではないし、ホイットマンは詩に音楽を求めた詩人でもない。またシュールレアリスティックなイメージを追求した詩人でも当然ない。やはりホイットマンの場合、何か表現したいものが確固としてあり、ある種の合理的解釈を待っている、と考えられる。それは散文的にホイットマンに表現できなかったものであるが、ホイットマンは創作中に何を書いているのかわからずとも、「何かがうまくいっている」とは感じていたはずであり、これを考究することによってある種の具体的な（現実的ではないにせよ）イメージに到達することは可能であるように思われる。

つまりひとつの解釈は、やはり《私》は人間の肉体をそなえた人ではなく、ひとつの精神、ひとつの魂のようなものになっていると解釈することである。すなわち《私》の魂は、過去、現在、未来に存在し、失われることはない、そしてその魂は、精神的に時空を超越し、ある精神的領域を開拓し、そこである（おそらく《大地》からの）収穫を得る（"Gathering"）。そしてそれらを人々に披露する（"showing"）のである。これらは現実に起こるのではなく、想像界の出来事である。そしてこの《私》という精神は、人が、形見、つまり《私》を思い出す種、《私》の換喩、《私》の属性の何かが欲しいと言ってきた場合には断らずにこれを与えるのである。

七〇一行目から七〇四行目は、それ以前のテクストに比べて具体的であり、リアリスティックな馬の描写と言ってよく、難解な問題はないと考える。その次の七〇五行目の"as my heels embrace him,"というのも、馬にまたがって、両脚で馬を締める描写と考えられ、その時馬は"His nostrils dilate"となるわけで、自然な描写と考えられる（このように、難解な箇所と自然な、受け入れやすい、分かりやすい箇所が交互に来るのはホイットマンのひとつの特徴でもある。それはストラヴィンスキイの音楽、ナボコフの文学にも似ている）。次の七〇六行目も同様である。しかし、最後のスタンザ、七〇七行目から七〇九行目の三行は、通常の思考では理解不可能な世界が展開されている。すなわち、"Why do I need your paces when I myself out-gallop them?"「ぼく自身のほうが速いのにどうして君の歩みがぼくに要ろう[33]」。これはどう考えても不思議ではないだろうか、と一見思える。なぜ《私》の方が"out-gallop them"、つまり馬の歩調よりも速いのであろうか（『パイドロス』二四六Aには翼の生えた馬、翼の生えた馭者の話があり、やはりホイットマンはこれを読んで、そのイメージで三十二番を書いたのではないかと考えられる。もちろんこれも仮説であるが、『パイドロス』二五三Dには魂の第二の部分は馬であり、第三の部分は馭者であるとあり、馬も馭者も魂の変奏としてあり、三十二番のイメージとも一致する）。やはり《私》とは魂ではないのか。《私》の魂は、視界の届く限り遠く、先にすでに行ってしまっており、馬のgallopがそれに追いついていない、おそらくそのように考える以外に、この謎を解くことはできないのではないか。そして極め付きが最後の一行である。"Even as I stand or sit passing faster than you."「立っていようが坐っていようがそれでもぼくは君より速く進んでいる[34]。」ここで"stand or sit"の場所は特定されていない。これは、どこであっても、「立っていようが坐っていようが」という意味であると考えられる。立っていても、座っていても、《私》は馬よりも速いとは、足を使わずに移動できるということであり、やはり《私》は肉体を持った人間ではなく、肉体を超越した魂なのではないか。《私》＝《ホイットマン》とは《魂》の謂なのではないか、と考えられる。そのように考えない限り、合理的にこの詩を解釈はできないだろうし、ある種の感動も得られないであろう。では、その《魂》とは何か。それを知るためには、“Song of Myself” の冒頭に立ち返り、この詩全体の前提、《私》とは何かをあらためて考える必要があるだろう。

V “I celebrate myself” について、《私》とは何か。

“Song of Myself” の冒頭は、“I celebrate myself” という有名な詩句で始まる。「私は私を祝福する」という、ある仕方での大胆さをもったこの詩句は、様々に解釈可能であるが、筆者はこの点についてはすでに、この点に限定したものではないが論文を発表している。[35] “Song of Myself” は次の有名な書き出しで始まる。

I celebrate myself, and sing myself,
And what I assume you shall assume,
For every atom belonging to me as good belongs to you.

I loafe and invite my soul,
I lean and loafe at my ease observing a spear of summer grass.

このあらましを述べれば、「私は私を祝福する。私が仮定したことを必ず君もそうだろうと思う。それは私の原子のひとつひとつが君にも属しているから。私は悠然と彷徨い、私の魂を招き、夏草の穂先を眺める」ということであるが、これはやはり今回の三十二番に似ている、というよりも、ホイットマンの発想の根源がここに示されており、三十二番もその変奏であるということなのであろう。ここでの《君》を三十二番の《動物》と考えれば、三十二番の《私》と《彼ら》が共有している"token"（原子のことだろうか?）とも重なってくる。また《私》の招魂、《私》が魂であることも共通している。そして三十二番で《動物》を眺め、それと対峙するように、ここでは草を眺めている点も、共に両者が自然に属するものであることを考慮すれば、共通している、自我と自然の対峙という点で共通している、と言える。またここに登場する原子であるが、ホイットマンは古代ギリシャ・ローマの、イオニア学派のアナクサゴラスや、イドニア学派のデモクリトスや、共和政ローマ期のルクレティウスといった哲学者たちの原子論と共に、十九世紀の、当時としては最新の原子論にも関心があったようで、その研究もあるが[36]、筆者の考えによれば、ホイットマンは《私》、おのれを宇宙の中の一原子と考えており、そしてそれが魂であり自由に彷徨する存在であり、同時にそれを宇宙と同等の価値があるものとして考えている、ということなのである。

なぜホイットマンが「私を祝福する」と言ったのか、その真意、"what I assume" の意味するところについては、筆者はいくつかの論文ですでに明らかにしてきたが[37]、おそらく《私》は宇宙の中にある一原子であるが、《私》が宇宙の外に放り出されることにでもなれば、この宇宙を織りなしている構成物のひとつを失うことになり、それによって全宇宙は崩壊してしまう、分かりやすく言えば、宇宙というジグソーパズルのひとつのピースが《私》なのであって、それが失われれば宇宙は完成しない、ということは、この《私》は宇宙にとってかけがえのない、宇宙と同等といってもいい価値のある存在であるということになる。であるから、《私》は《私》を祝福するとなるのである。同様に、《君》＝読者も、君自身のことを（メタテクスト、あるいはメタフィクション的に、この"Song of Myself"を読むことによって、ということをホイットマンが意図したかどうかは不明であるが）この認識を得て祝福するようになる、私の原子は君の原子でもあるのだから（これは十九世紀の科学論の反映であるかもしれないが、私の吐き出す息を構成する原子が、君に吸われて君の一部になる、というような流動性、交換というものを想定してもいいだろう。『分子は旅をする』（岩村秀監修、NTS、二〇一八）によれば、ガイウス・ユリウス・カエサル（英語名、ジュリアス・シーザー）が最後に吐いた息に含まれていた分子を、私たちは一呼吸に一つは吸っているという計算もある。ホイットマンの認識によれば、すべては繋がっており、平等で、民主主義的だということになる。またこの《息》は、物質的であると同時に精神的な存在でもある）[38]、というのがこの冒頭で書かれていることである。

いずれにせよ、ホイットマンの《私》とは、そういった一原子、宇宙の中を自由に彷徨する魂なのであって、この前提がなければ、次のような詩句はあり得ないことになるだろう。“Salut au Monde!” の五番からの引用である。

I see the tracks of the railroads of the earth,
I see them in Great Britain, I see them in Europe,
I see them in Asia and in Africa.

I see the electric telegraphs of the earth,
I see the filaments of the news of the wars, deaths, losses, gains, passions, of my race.

I see the long river-stripes of the earth,
I see the Amazon and the Paraguay,
I see the four great rivers of China, the Amour, the Yellow River, the Yiang-tse, and the Pearl,

“I see....” つまり「私は見る」で行が始まるこれらのテクストは、ホイットマンの典型的スタイルでカタログ・スタイルと言われることもあるが、なぜこのような神の視点が可能なのかと言えば、詩人が想像で見たと思ったものをそのまま “I see....” と書くからで、実際にホイットマンがその地を訪れて「見る」のではないことは明らかである。しかし、テクストとして、このように書かれることには強い文学的効果がもちろんある。ひとつには英語の頭韻、あるいはセンテンスの冒頭に同じフレーズを繰り返すことの持つ力強さ（キング牧師の演説などその好例であろう。同様の力をホイットマンの詩も所持している）の表現であるが、私が強調したいのは、このディスクールのもたらす超越性、および宇宙性である。

《動物》の精神よりも《私》＝《ホイットマン》の精神は、自由に、あたかも光の速度で、であるかのように、すばやく宇宙のどこにでも移動できる。想像力が及ぶ限り、それは瞬時である。思えば、思っただけで、瞬時にそこに移動できる。そこにいる。ホイットマンはそのようなことを考えたはずである。その影響を受けたのが先に言及したボルヘスであり、彼の短編「エル・アレフ」[39]には、ホイットマンのように《私》が見たもののカタログが登場する。ボルヘスのアレフとは、直径二、三センチメートルの球体で、その中にいわば全宇宙が封じ込められており、見る角度によって宇宙のすべてが見られるというもので、ホイットマンが宇宙の内部にいて、どこにでも移動するのとは逆に、ボルヘスは宇宙を外から眺め、その内部に入り込んで、あらゆる視点から見るという発想でこれを書いたのであった。しかし根本的には同じことである。現実にすべてを見るようなことがもしあれば、それは狂気へ、発狂へと通ずる可能性があるだろう。しかしそれはもうひとつの、芸術的狂気、プラトンの《神の狂気》へも通ずる可能性を秘めている。

VI 結論、合理性の限界、そして《神の狂気(ティア・マーニア)》について

我が国の慈雲尊者にもある、この宇宙の中の、宇宙を構成するかけがえのない《私》という認識は、ラッセルの『幸福論』の最後の「宇宙の市民」"a citizen of the universe" とも当然結びつくものである。人は宇宙というジグソーパズルのひとつのピースであると認識するとき、そのかけがえのなさを意識するとともに、《私》が不滅であること、肉体はなくなっても《私》であるところのこの精神、魂は、ジグソーパズルのひとつのピースであるがゆえに、宇宙にとどまり続けることを悟るのではないか。だからホイットマンは "Myself moving forward then and now and forever," と書いたのである。《私》は不滅の霊魂であり、自由に宇宙を彷徨し、ゆえに馬よりも速く、立っていても座っていても馬よりも速く移動できるし、瞬時にしてアフリカにもアジアにも行けるということになる。これがホイットマンの視点の本質であり構造である。

本論は研究論文であるので、人文科学として論理や合理を追求することは当然であるが、しかし文学は科学ではなく、文学作品の場合、そして殊に詩の場合、そして殊にホイットマンの場合、作品を合理のみで解釈することは不可能である。なぜならテクスト自体がそれを拒絶しているからである。文学研究の研究対象は文学であって、一般にすべての文学研究は、それが書誌学や文献学といったジャンルではなく真に《文学》を、文学的感動をあつかう文学研究であるならば、

ジョージ・スタイナーが述べたように、というよりも現実にほとんどの文学研究がそうであるように、研究の結論は推論で終わるのが自然である。文学研究は問うことによって対象に迫り、問うことを先鋭化することによって対象に詰め寄り、最後は推論で終わるものである（その推論はしたがって単なる憶測ではなく、科学的結論に近いものになる）。文学研究は常に、中島敦の先の言葉を使えば、文学的感動にかかわる「非常に微妙な点」をあつかうのである。もし合理によってすべての結論が出てしまうのであれば、それはむしろ文学的には価値がないということになるだろう。《文学》は情報伝達のみに終わるのではなく（たとえ《文学》がコミュニケーションの一形態だとしても）、また技巧、レトリックにその本質があるのでもない。

もしひとが、技巧だけで立派な詩人になれるものと信じて、ムウサの神々の授ける狂気にあずかることなしに、詩作の門に至るならば、その人は、自分が不完全な詩人に終わるばかりでなく、正気のなせる彼の詩も、狂気の人々の詩の前には、光をうしなって消え去ってしまう。[40]

これはプラトンの『パイドロス』からの引用であるが、これは掛下栄一郎先生が述べるように、文学・芸術論においては定説と言っていい見解である。アリストテレス、ダ・ヴィンチ、デカルト、モンテーニュなど多くの人々が同様の見解を述べている。[41] ここで言う「正気」は論文の論理・合理である。「神々の授ける狂気」とは、作家、芸術家などにある仕方で《神》が憑依し、その人の能力をはるかに超えたものが制作されてしまうことを一般には意味するのであろう。しかしこれは「非常に微妙な点」でもある。

中島敦の文脈で言えば、李徴の作品が「非常に微妙な点」において第一級品ではないかもしれないと判断される理由は、繰り返すが、李徴が「神の狂気」ではなく、技巧やレトリック、そして「人の狂気」の水準にとどまっているからではないか。ホイットマンには、まずこれがない。ホイットマンの《狂気》は読者に伝染し、読者を陶酔させる。ホイットマンは《すべて》を見るポーズ、ジェスチャーをするが、それは発狂に至るのではなく、すべてを超越して《宇宙》に、《大地》に至るがゆえに、完全に《幸福》であり、「人の狂気」を持っていない。その詩は見方を変えれば論理で判断できる性質のものではなく、芸術の本道である神の《狂気》に支えられていると考えられる。「宇宙の中の《私》」までは知識として、知的に、合理として、実感はなくとも理性で理解可能であるが、例えば、先程、一応の解釈を与えはしたものの、"Did I pass that way huge times ago and negligently drop them?"の真の意味とは何であろうか。《大地》と結びつく"token"というのも、換喩的に《私》を意味するのであろうが、内容的に「これ」とは言えず、合理的には説明のできないものである。そのようなものを維持しつつ、ホイットマン"Song of Myself"三十二番は、人を捉えて離さないある魅力を持っている。ラッセルもこれに不思議な魅力を感じたのでエピグラフに使用したのであろう。三十二番をめぐって、《幸福》、《大地》、《動物》、《宇宙》(これらはラッセルの、ホイットマン解釈のためのタームでもある)、そして《私》について思考してきたが、これらはすべてホイットマンの中で結びついており、合理的に、あるいは形式論理的に解釈できる部分について、そしてこれらのタームの関係性については本章で明らかにできたと考える。これまで見てきたことから結論的に言えることは、ホイットマンには、多くの優れた芸術家や作家に見られる《神の狂気》が確かにある、詩人ホイットマンの意識を超えて、それは確かにテクストの中に息づいている、ただ分からないだけではなく、そこには生きた、ある種の高揚感、幸福感がある、そして筆者はそこに、おそらくボルヘスと同様に無限の魅力を感じている、ということである。テクストの本質は、ラッセルが『幸福論』の中で述べた《大地》、《宇宙》、《幸福》にある。《神の狂気》に導かれ、《ホイットマン》＝《魂》は彷徨する。それは《幸福》の、ある姿でもある。そして《智慧》の始原へ、アレフのように、究極の直観と想像力によって《他者》に、《すべて》に《なる》源へと向かっていく。最後にそれを示すホイットマンの作品、“Passage to India”（後にE・M・フォースターは、このタイトルを借用し有名な小説を書く）[42]から引用して、本章を終えることにする。“I celebrate myself” とあわせて、こういった詩句が知識としてではなく実感としてわかるようになれば、ホイットマンは難解でも何でもなく、美しい、幸福な、わかりやすい詩人に変貌するのである。これこそ《動物》を、screen のない世界を、直接性の世界を、きわめて雄弁に語っている、と言えるだろう。

O soul, repressless, I with thee and thou with me,

Thy circumnavigation of the world begin,
Of man, the voyage of his mind's return,
To reason's early paradise,
Back, back to wisdom's birth, to innocent intuitions,
Again with fair creatio n.[43]

注

1 Michel de Montaigne, *Essais de Michel de Montaigne*, Livre second, édition présentée, établie et annotée par Emmanuel Naya, Éditions Gallimard, 2009, 347

2 Walt Whitman, *Leaves of Grass and Other Writings*, ed. By Michael Moon, W. W. Norton & Co., 2002, 52–3

3 田中礼、「"Song of Myself"――その思想と表現」、『ホイットマン研究論叢』第三十二巻、日本ホイットマン協会、二〇一六年、十六頁

4 Jacque Derrida, «PRÉJUGÉ, *devant la loi*», in J. Derrida, V. Descombes, G. Kortian, P. Lacoue-Labarthe, J.-F. Lyotard, J.-L. Nancy, *La faculté de juger*, colloque de cerisy, Les éditions de minuit, 1985, 87–139

5 ホイットマンと音楽については、*Walt Whitman and Modern Music: War, Desire, and Trials of Nationhood*, ed., by Lawrence Kramer, Garland Publishing, Inc., 2000 という論文集が出版されている。この本はCD付きで、Marc Blitzstein が一九二五年から一九二八年にかけて作曲したホイットマンの詩による曲などを聴

くことが出来る。

6 これは、一九七〇年九月十九日のNew Yorkerに英語で発表された、ボルヘスの“Autobiographical Notes”からの引用であるが、これについては、本書第一章を参照のこと。

7 Jorge Luis Borges, *Hojas de hierba*, Buenos Aires: Juárez Editor, Selección, traducción y prólogo de J. L. Borges; estudio crítico de Guillermo Nolasco Juárez; grabados de Antonio Berni, 1969

8 三十二番に限定するものではないが、本間俊一先生（一九五〇―二〇一八）は、「『草の葉』における動物のイメージ」（『足利工業大学研究集録』第十七号、一九九一年、二三九―二四四）において三十二番に言及され、筆者が後に述べるtokenについても、筆者とは見解が異なるが言及されている。「動物」についても筆者とはアプローチが異なっているが、ひとつの先駆的な研究として指摘しておきたい。先生は“Song of Myself”に登場する様々な動物をあげられ、分類・考察をされている。

9 田中、一頁

10 ウォルト・ホイットマン、杉木喬、鍋島能弘、酒本雅之訳『草の葉　上』、岩波文庫、岩波書店、一九七七年、一六五頁

11 バートランド・ラッセル、安藤貞雄訳『幸福論』、岩波文庫、岩波書店、二〇一七年、六頁

12 Bertrand Russell, *The Conquest of Happiness*, Intro. By Daniel C. Dennett, Liveright Publishing Corporation, A Division of W. W. Norton & Co., 2013, 21

13 Russell, 34

14 Russell, 57

15 Russell, 62–3

16 Russell, 64–5

17 Russell, 77–8

18 中島敦、『中島敦全集1』、筑摩書房、二〇〇一年、三三頁、但し、以下、この全集からの引用については、現代風に表記を改めた。

19 市川安司、遠藤哲夫、『荘子（下）』、新釈漢文大系、第八巻、明治書院、昭和四十二年、三八一—二頁

20 「なにかの草をむしっては、その汁を吸う。（中略）自分は体じゅうに生の過剰を感ずるあまり、忘却のすべを求めてきたが、いまこの草の汁にそれを見いだした」（ドストエフスキー、江川卓訳『悪霊』、上巻、新潮文庫、新潮社、平成十八年、十三頁）という箇所の「草」と「生の過剰」にはホイットマン、あるいはインターテクストとしての『草の葉』の影響が考えられる。また『悪霊』第二部でキリーロフは、「木の葉はすばらしい。すべてがすばらしい」（ドストエフスキー、四五一頁）と述べ、「人間が不幸なのは、自分が幸福であることを知らないから、それだけです。これがいっさい、いっさいなんです。（中略）赤ん坊の頭をぐちゃぐちゃに叩きつぶす者がいても、やっぱりすばらしい。叩きつぶさない者も、やっぱりすばらしい。すべてがすばらしい、すべてがです」（四五一—二頁）と述べているが、これはホイットマンそのものであり、そのエコーが濃厚に感じられる箇所である。ホイットマンとの対比を考えなければ、ここは謎の、実存主義的文学と断じられる可能性があるが、ホイットマンをレファレンスとして呼び出せば、例えば“The Sleepers”という有名な詩と対比すれば、キリーロフは難解なものではない。このように一国文学の領域においては謎であるものも、インターテクストを参照すれば容易に理解できることがあり、このキリーロフの例はその好例である。またこの万物斉同のこの感覚は、他にもポオの「アッシャー家の崩壊」、そしてパリに生きた版画家の長谷川潔の体験を例に挙げることができる。長谷川は四十九歳

のときに楡の木から話しかけられる体験をし、それからあらゆるものに生命があることを悟ったというが、これも極めてホイットマン的であるということができる。

21 ドストエフスキイ、米川正夫訳『決定版ロシア文学全集1　罪と罰』、日本メールオーダー、一九七二年、五一三―四頁

22 Russell, 222–3

23 これについては、本書第三章を参照のこと。

24 ホイットマン、一六六頁

25 Stefanie Heine, "Circulating Multitudes: From Antiquity to Cell Theory," in *Walt Whitman Quarterly Review*, vol.35, Nos.3/4 (Winter/Spring 2018), 220

26 この点については Heine も指摘している。"As has often been pointed out in Whitman studies, the speaker of "Song of Myself" shares two essential traits with the collection the poem is part of: mutability and limitlessness." (Heine, 219)

27 萩原朔太郎、『萩原朔太郎』、「ちくま日本文学全集」、筑摩書房、一九九一年、これについては、諸坂、『中島敦「古譚」講義』、彩流社、二〇〇九年、一四五―七頁を参照のこと。

28 中島、二五頁

29 中島、二五頁

30 中島、二八頁

31 中島、二六頁

32 "(...) the speaker weaves his "Song of Myself" by becoming others, other, all." (Heine, 219)

33 ホイットマン、一六七頁

34 ホイットマン、一六七頁

35 本書、第四章を参照のこと。

36 David Sollenberger, "“The Central Urge in Every Atom”: Whitman's Atomism and Schelling's *Naturphilosophie*," in *Walt Whitman Quarterly Review*, vol.36, Nos.2/3 (Fall 2018/ Winter 2019)

37 本書、第三章、第四章を参照のこと。

38 Heine, 221–3

39 Jorge Luis Borges, *Obras completes 1*, Emecé Editores, 2010, 658–669

40 プラトン、藤沢令夫訳、『パイドロス』、岩波文庫、岩波書店、二〇〇三年、五五頁

41 掛下栄一郎、『神の狂気の美を求めて　ヒエロニムス・ボッスの旅』、成文堂、一九九二年、二一–三頁

42 この点については、本間俊一「E・M・フォースターとホイットマン——二つのインド——」、『ホイットマン研究論叢』、第十四号、平成十年、一三一–一四頁を参照のこと。

43 Whitman, 351

ホイットマンに響(む)き合う

ベルグソン、小林秀雄、カフカ、中島敦、ボルヘスらに学んで

近代以降、文学作品の研究の在り方には、根本的な誤謬があると考えられる。ごくわずかの例外を除いて、この誤謬から免れている研究はない。それはどういうことか、端的に言うと、多くの研究は文学作品という対象《を》研究するのではなく、対象《について》研究しているからである。《を》研究するのは直接的であり、《について》研究するのは間接的である。研究者は、例えばホイットマン《を》研究したいと思って大学院に入っても、そこではホイットマン《について》研究するよう指導される。ホイットマンを読んで感動するのではなく、それでは不充分、というよりもそういう主観的とみなされることは、大学院、あるいは研究者育成機関では当初より想定されてはおらず、研究対象《について》書かれた論文等を読み、それ《について》の知識を蓄えるように指導され、その知識の集積が博士論文となって結実する、というのが研究の通常の流れである。そしてその在り方には、フッサール、ベルグソン、また小林秀雄などが指摘したように、問題のすり替えや、理論上の根本的な誤謬があるのであるが、その誤謬等は無視され、えんえんと多くの研究者によって、本来の研究対象《を》ではなく、《について》の研究が続けられているのが、文学研究の悲しむべき現状である。これによって研究は、文学が本来所持している感性的な、生の魅力を失い、文学そのものを衰退させているわけであるが、多くの研究者がこの誤謬に気づいていない。

この誤謬に気づき、この《について》と《を》の区別について、思想史上、最も早く言及したのは、おそらくベルグソンである。ベルグソンは「形而上学入門」（邦訳「哲学入門」、原題は *Introduction à la métaphysique*）の冒頭で、次のように述べている。彼は物の知り方には二通りがあるというのである。

> 第一の知り方はその物のまわりを回ることであり、第二の知り方はその物のなかに入ることである。第一の知り方は人の立つ視点と表現〔表象〕の際に使う記号〔象徴〕に依存する。第二の知り方は視点には関わりなく記号にも依らない。第一の認識は**相対**にとどまり、第二の認識はそれが可能な場合には**絶対**に到達すると言える。[1]

つまり「第一の知り方」とは外部から、外在的に知ることであり、調査・分析・観察などを意味する。一方、「第二の知り方」とは、直観と想像力で内部に入り、その対象に《なる》こと、つまり内在的に知ることである。対象に《なる》のであるから、その対象への知識は全的なものであり、絶対的なものになる。一方、外部からの、いわゆる《研究》は絶対に至ることがなく、相対的であり、部分的であり、部分を積み重ねても全体に至ることはなく、その道程は永遠に続くことになり、また《真理》に到達することは原理的にあり得ない。「第一の知り方」とは《について》であり、「第二の知り方」とは《を》である。今日の文学研究では、この「第一の知り方」が正統的なものであると考えられているが、ベルグソンの引用を理解し、経験したのちでは、「第一の知り方」の方が文学に対しては異端的であり、偽りであり、相対的であり、文学の感動、研究動機からは可能な限り遠い在り方であることが理解されよう。しかしいわゆる《論文》、あるいは制度としての学問、文学研究は「第一の知り方」に基づいており、「第二の知り方」に基づくものは評論、エッセー、感想文、など《研究》外の書き物に分類されるだろう。それが根本的な誤謬である。「第二の知り方」、対象《を》内在的に知ることが文学においては実は正統的な研究なのであって、対象の周辺、対象《について》知ることは、本来文学とは無関係である。

あなたがもし作家であった場合、あなたは自分の作品を読んで感動してもらいたい、自分が感じたものを読者にも感じてもらいたいのか、それともあなたの両親の収入や家柄、あなたのエピソード、飲んでいた薬や使用していた筆記用具などについて調べてもらいたいのか。どちらが文学との関係性を所持しているのか。それは自明の理と言うべきものであろう。しかし大学、学会などにおいてはこれが逆転する。外在的な研究が、本来内在性を志向しプラトンを想起させる《アカデミズム》という言葉で逆に呼ばれ、作家の飲んでいた薬などについて調べたりしていると、「よく勉強している」などと評価されるのが学会の常である。しかしこれは誤りである。《アカデミズム》とは本来、内在性の追究であって、外在的な研究をすることではない。対象に《なる》研究方法（これはボルヘスが短編「『ドン・キホーテ』の著者、ピエール・メナール」のなかで考えたことでもあるが）があまりにも時間と労力を要し、困難であると一般に思われているため、誰にでも実践できる容易な外在的研究方法の方に流れた、誰もが「第二の知り方」を実践することができないため、そちらを客観的ではない、主観的である、主観的であるから検証不可能性を所持しており、学問的体系に資するところがない、異端である、などと考えられ、それが制度としての学問の構造的根拠となったものと考えられる。しかしこれは本末転倒と言うべきものである。

この逆転に気づいたのは、我が国では中江藤樹であった。伊藤仁斎であった。荻生徂徠であった。本居宣長であった。そして小林秀雄であった。

仁斎の学問の新しさは、孔子という人間を見出したというところが根本だったのだが、それにもかかわらずその系統の学問が、異端の学と呼ばれるに至ったについては、無論、それだけの理由があったのである。仁斎の孔子という人間のつかみ方には、これまで誰もしなかった、まったくオリジナルなものがあり、それがために、彼の学問は、単に新しい見地に立った新説新解釈という普通の姿がとれず、当時承認されている学問などは、てんで学問とは言えぬ、と断ずるに至った。正統派を異端派と考えるに至ったから、自ら異端派の汚名を被ったわけだ。この決断に、徂徠は、仁斎の「豪傑」を見たので、徂徠は、この道を徹底して歩き、その点で師を抜いた。／仁斎に言わせれば、学問の道は、「学ンデ知ル」ところにはなく、自ら、「思ツテ得ル」ところにあった。これは、私学の祖、藤樹の初心であり、学問が普及するようになって、初心を忘れない豪傑は、仁斎唯一人と徂徠は考えたのであるが、この初心に関する精しい反省が、異端の道を開くに至ったと言っていい。一体、学んで知ることができないような学問は、学問とは言えない道理であり、程朱の学が、正統派と目されていたのも、学んで知ることができるようにできていたからだ。[2]（強調筆者）

伊藤仁斎らの敵は、朱子学であったと言って良い。朱子学は外部からの分析であり、反対に、仁斎らの学は対象に《なる》という文学の正統である。しかし当時の学問は今と同じで、「第一の知り方」、外部からの分析、誰もが「学んで知ることができるようにできてい」る学問が正統派であり、仁斎は異端となったのである。今日の一般的な文学研究も「学ンデ知」り得たことの発表に過ぎず、作品の本質とはほとんどが無関係なものであろう。リルケ的な作品への愛がなくても、研究者は「学ンデ知ル」ことができ、学者として評価される。しかしベルグソンを参照すれば、そして理論的に考えれば、仁斎が正統派であり、朱子学、今日の学問の在り方の方が異端、というよりも異常である。小林秀雄はさらに続ける。[3]

彼（仁斎）は、孔子の研究者とは言えない。むしろ深い意味で孔子の模倣者なのである。彼は孔子の思想を正しく説明したのではない。むしろ、孔子という原譜を正しく弾いた人である。[4]（強調筆者）

筆者も文学の読解、解釈をよく《演奏》と表現するが、[5]小林も同じことを述べている。ここでいう「模倣者」とは、対象に《なる》人の謂であり、仁斎が「第二の知り方」の実践者、孔子《を》研究した人、そして絶対に到達した人であることを述べている。小林秀雄はここで、伊藤仁斎が「孔子の研究者とは言えない」と書いているが、真の意味を理解すれば、仁斎こそが真の「研究者」であり、今日言われる、いわゆる研究者は、小林秀雄によれば、単なる「物好き」に過ぎない。本居宣長の研究の目的も、「模倣者」になること、『古事記』の時代の人に《なる》ことであった。それは『古事記傳』を完成させた寛政十年に、宣長が詠んだ次の歌にあらわれている。

古事(ふること)の　ふみをらよめば　いにしへの　てぶりこととひ　聞見るごとし[6]

つまり、『古事記』のような古い文書を読むと、古えの人の身振りや言葉がそこに再現されて、あたかも自分がそこにいるかのような心地がするという、そういう境地に達した、というのである。これこそが彼の研究目的であった。これはボルヘスの創作したピエール・メナールと同じである。ピエール・メナールという架空の研究者は、セルバンテスに《なる》ことを目的としたのであって、セルバンテス《について》調査することを目的としたのではない。『ドン・キホーテ』に《ついて》研究することや、別の仕方で『ドン・キホーテ』のような物語を書くことは、メナールにとって「容易なこと」としてしりぞけられたのである。そうではなくメナールは、

『ドン・キホーテ』そのものを書こうとした。いうまでもないが、彼は原本の機械的な転写を意図したのではなかった。（中略）彼の素晴らしい野心は、ミゲル・デ＝セルバンテスのそれと——単語と単語が、行と行が——一致するようなページを産みだすことだった。（中略）彼が最初に思いついた方法は比較的単純なものだった。スペイン語に熟達すること、カトリックの信仰を取り戻すこと、モーロ人やトルコ人らを相手に戦うこと、一六〇二年から一九一八年までのヨーロッパ史を忘れること、ミゲル・デ＝セルバンテスになることなどである。[7]

メナールはセルバンテスに《なる》ことによって、『ドン・キホーテ』のある一節を書くことに成功する。同様に、仁斎の目的は孔子に《なる》ことであり、小林秀雄によればそれは成功したのである。同様に真のホイットマン研究者であれば、その研究目的は、ホイットマン《について》調べることではなく、ウォルト・ホイットマンに《なる》ことでなければならないだろう。ホイットマン《を》内在的に知ること、《ホイットマン》を体得することが必要なのである。これはちょうど自転車に乗れるとか、泳ぎができる、といったことと同じ体得である。体得を言葉で説明することはできない。《ホイットマン》が内在的に分かっていなければ、外在的に永遠にその周辺を回ることになるだろう。そして終に《ホイットマン》を理解できずに終わるのである。

そもそも文学は、知識の体系ではなく、「文学を学ぶ」ということは理論的にあり得ない。文学とは「学ンデ知ル」ものではなく「思ツテ得ル」ものである。文学の読書は体験であり、知識を得ることではない。それがしかし、間違ったアカデミズムの誘惑、研究者の制度的な誤解によって、文学が外在的に研究できるものになってしまった。ここに文学アカデミズムの根源的な不幸がある。真のアカデミズムは、アカデミーにおける対話である。そしてその対話は、中江藤樹のように自問自答であって差支えなく、それは孔子が『論語』憲問第十四で述べた「古の学者は已の為にす」という学問姿勢と同じであり、他人のために為すレトリックの正反対に位置するものである。アカデミズムにはレトリックは不要であり、他者も不要であり、そうであるからして他者のために証明するということも不要なのである。しかし外在的学問は、他人のためになされるがゆえ、常に証明にこだわるのである。Bを使ってAを証明する、Aを言うためにはBが必要であり、Bを言うためにはCが必要、という具合に、証明の連鎖は無限に続く。これを一般的には「研究史」と言い、B、Cなどを「先行研究」などと言って、通常の研究者、あるいは大学でさえも何らこれに疑問を持たないわけであるが、研究をこの方法で積み重ねても研究対象には決して至らない。証明は対象の外にある、つまり外在的であり、無限であり、輪廻しているのである。外在知は無明(むみょう)(avidyā)であり、本質論から見れば無知を表している。

「そっちの原因は何だ?」「そっちの原因はこうだ」「じゃ、あっちの原因は?」「あっちの原因はこうだ」。これ、無限でしょ。原因は無限に、いくらでも調べることができる。一体、これが物を知ることですか? そっちとあっちの関係を知るだけで、物を知ることはできやしません。[8]

これは小林秀雄が述べていることであるが、これはデカルトが陥った無限地獄であり、それに応えるかのように、スピノザが『エチカ』第二部命題四十三でその解決を述べている。つまり訳を述べれば、

「真の観念を持つ者は、同時に自分が真の観念を持つことを知り、そしてその真理を疑うことができない」[9]

ということである。つまり直観と想像力で自分がこうと思ったものは、それが真理なのであり、原因探求の無限の旅、研究史は不要なのである。こう考えると、比較文学研究の主流である、いわゆる「実証主義」とか「影響研究」が、いかに無責任で、人を欺くものであるか、いかにインチキであるかが分かるだろう。真理の基準を真理の外に設けることはできない。外在的知は、ひとつの《狂気》である。

ベルグソンは、直観から分析への道は可能だが、分析から直観に至ることはできないと述べている。つまり内在から外在は可能だが、その逆、外在から内在は不可能だと述べている。つまり直観的に分かっている詩人しか、私たちは本当には研究できないのであって、直観的にホイットマンの本質が分かっていなければ、その詩の分析はできないということであり、これはすべての文学研究に言い得ることである（ミハイル・バフチンの言うように、そしてバフチンの影響を受けた新

谷敬三郎先生が、早稲田の大学院の「比較文学」の授業でおっしゃっていたように、人はおのれに読めるものしか読むことができない。文字で書かれ、説明されても、現実には読んでいても、おのれの内部にあるものの確認・認識しかできず、読める部分しか読んでいない、理解していないものである。《分かった》ということは、実は《分かっていた》ということであり、《分かっていた》ことしか《分かる》ことはできない)。しかし通常、研究者は外在的に分析することを教育されており、方法や証明に束縛されて、研究対象を内在的には決して知ることができないのである。世界中の多くの研究者が、実際のところ、自分には知り得ない研究対象の研究に、一生を無駄に捧げているのではないか。

この状況は、カフカの「掟の門前」というテクストの状況に似ている。これは短編でもあるが『審判』第九章の挿話でもあり、日本ではジャック・デリダの来日講演でこれは有名になったテクストでもある。

掟の門前　　　　フランツ・カフカ

掟の門前に門番が立っていた。そこへ一人の田舎者がやってきて、掟の中へ入れてくれと頼んだ。しかし門番は、今は入門を許可するわけにはいかないと答えた。男は思案したが、それではもっと後なら入れてもらえるのでしょうか、とたずねた。「それは可能だ」と門番が言った、「しかし今はだめだ。」掟の門はこれまで通り、あけ放しになっており、門番は脇へさがったので、男は身をかがめて中をのぞこうとした。門番はそれを見ると、笑ってこう言った、「そんなに中に入りたいなら、わしの禁止にかまわず中に入ってみるがいい。だが、これだけは覚えておくがいい。わしには威力があるのだぞ。しかもそのわしはここでは一とう下っ端の門番にすぎん。広間をひとつ入るごとに門番が立っていて、先へ行くほどその威力は大きくなっていく。三番目の門番の姿でさえ、このわしなどは恐ろしくて眼もあげられんほどなのだぞ。」そんな厄介な事情があろうとは、田舎者はつゆほども思っていなかった。掟は誰にたいしても、いつなんどきでも開かれてあるべきものだ、と彼は考えていた。しかし今、毛皮の外套に身をくるんだ門番をしげしげ眺め、そのとがった大きな鼻や、濃くはないが長くて黒々したダッタン人ふうの顎ひげを見ると、彼は、入門の許可がおりるまで待つほうがいいだろうと考えを決めた。門番は男に腰掛けを与え、門の脇のところに坐らせた。そこに腰をすえたまま、男は何日も何年も待った。男は、中へ入れてもらおうと、あれこれ手をつくし、しつこく頼んでは門番を疲れさせた。時おり門番は男にちょっとした質問をし、郷里のことなどいろいろなことをたずねた。しかしそれは、お偉方たちが下々に投げるようなどうでもいい質問で、最後にはきまって、まだおまえを入れてやるわけにはいかないと言うのだった。この旅のために、いろいろと支度を整えてきた男は、門番を買収するために、あらゆる手段をつくし、どんな高価なものでも惜しみなくつぎこんだ。門番は何でも受け取りはしたが、こう言い足すのを忘れなかった、「受け取ってはおくがな、これはただ、おまえが自分のやり方に何か手落ちがあったのじゃないかと、くよくよ考えずにすむように、と思ってのことだぞ。」長年のあいだ、男は門番をほとんど見つめどおしであった。彼は他にも門番たちがいることを忘れて、この最初の門番が掟への入門をさまたげる唯一の障害だと思った。男はこの不幸なめぐり合わせを、はじめの何年かはあたりかまわず大声で呪ったが、やがて老い込むと、ひとり言のようにぶつくさいうだけになった。男は子どもっぽくなり、長年門番を観察するうちに、毛皮の襟に蚤がついているのを見つけ、その蚤にまですがって、自分を助けてくれ、門番の気持ちを変えてくれと頼むのだった。そのうちとうとう眼が弱ってきて、周囲が本当に暗くなってきたのか、眼の錯覚なのか、どちらとも判然としない。しかし今その暗がりの中に、掟の門から一筋の輝きが煌煌と射してくるのが見えた。もはや彼の余命は幾ばくもない。いよいよ死が迫った時、男の頭の中に、積年の経験が全部凝縮して、これまで門番に一度も訊ねたことのないひとつの問いとなった。身体は硬直して、もう起こすこともままならず、男は眼で合図して門番を呼び寄せた。門番は男の上に身を低くしてかがみ込まねばならなかった。二人の大きさの違いが、男の方に全く不利な具合に変わっていたからである。「今になっておまえはまだ何か知りたいのか」と門番が訊ねた。「きりのない奴だな。」「ですが、誰もが掟を求めているというのに」と男は言った。「どうしてこの長年の間、私の他には誰一人、この門に来て入れてくれと頼んだものがなかったのでしょう。」門番は、男の死期がせまったのを見て取り、遠くなっていく耳にも届くように大声で怒鳴り立てた。「ここでは他の誰も中に入れることはできなかったのだ。これはおまえだけのための入り口だったのだからな。さあわしは行くぞ、そしてこの門を閉める。[10]」

ここに登場する田舎者は、今日の一般的な《研究者》に似ていないだろうか。対象＝《掟》の内部に入ろうとせず、その外部にとどまって一生を終えるのである。彼は内在的に掟を知ることはできない。門番の言う「今はだめだ」という言葉は、デリダによれば、テクストへの接近不可能性、つまりテクストの真の《意味》には到達できない、ということになるが、これは内在化を思いとどまらせる言葉でもあり、田舎者の態度は、外部から調査・観察・分析だけをしていたのでは、当然テクストの内部には入ることはなく、つまり内在的に知ることはなく、結局何も知ることとなく、その生を終える、ということを意味している（経験的に、周囲を見回しても、調査研究を主軸としてきた研究者の晩年は、体力的にも調査ができず、研究対象の本質も把握できず、内在的に知ろうともしなかった態度ゆえ、研究的には、この田舎者のようにみじめな死に方をするのではないかと思われる）。

また掟の門をくぐって行くと、再び門が現れ、またその奥にも門があり、それぞれに門番がついていて、奥に行くにしたがって、門番の力が強力化するというくだりは、テクストの内部に入り込むと、つまり内在的に知ろうとすると、つまり対象に《なる》強度が高まると、テクストはそれに対して一種の拒絶、理解を阻む強度が高まること、《なる》ことを拒否する力がより強く働くことを意味している。しかしこれは、外在的理解しかできない田舎者の解釈であり、《門》は部分を蓄積して全体に至ることの不可能性（合わせ鏡に映された無限後退はまさにそのことを示している）を本来的に示している。外在的な、門をひとつずつくぐる方法では、門は無限に続くと考えられるため、《掟》に到達することはできない。たとえ田舎者が門番の言葉を無視してなかに入り、いくつもの門を突破してN番目の門のところで息絶えたとしても、田舎者は《掟》の内部に入ったことにはならず、《掟》に対して外在的に存在し続けたことには変わりがない。同様にホイットマンについての論文を何千本も読んだとしても、ホイットマンに対して外在的な地位しか与えられない。つまり《掟》に到達するためには、**門を使ってはいけないのである。門は、罠なのである**（掟の門にやってきたのが田舎者ではなく都会人であった場合、もしかすると都会人らしい相手に対する気配り、朴訥でないこと、都会に暮らす場合に必要な他者への気配り、他者への共感、直観と想像力によって、いとも簡単に《掟》に到達してしまうかもしれない。こういった点を考慮しても、カフカの主人公は「田舎者」である必要があったのではないかと考えられる。都会人は都会に暮らすがゆえに、他者に対する内在的理解が求められる。一方田舎者は、他者に見られているという意識を持つことが少なく、内在的であるよりは外在的判断を優先する傾向があるものと考えられる。また《掟》＝法律に関しては、現実的に、実際問題として、法律分野でも、知識、つまり外在的に知ることは軽視されており、重要なのはリーガル・マインド、つまりある種の知恵であるとされている。これは文学研究とはむしろ逆の立場であり、文学研究もこれを見習わなければならないと考えるが、リーガル・マインドは法律というものを内在的に理解していることであり、比喩的には、『六法全書』をすべて暗記し、そののちこれをすべて忘却した後でも、その人の内部に残っている知恵、思考回路、マインド、として説明される。リーガル・マインドのある人に事件の情報を与えれば、知識はなくとも正確な判断ができる、というのがマインドとしての在り方である。ゆえに優れた法律家は、また優れた文学研究者もまた、armchair detective であり、《探偵》なのである。文学においても、同様のことが起こり得るであろう。ホイットマンのマインドを獲得していれば、外在的な知識や調査がなくとも、あるいはホイットマンを全部読まなくても、部分的に読んだだけでも、ホイットマンを正確に理解し読解できるだろう）[11]。外在的な方法は、罠なのである。これに対して、内在的に、対象に時間をかけて、長く付き合うこと、迎える（宣長によれば、「考える」とは「か・むかへる」であり、受け入れること、迎え入れることである）ことなどを通じて、対象に《なる》ことが実現すると、バシュラールが「詩的瞬間と形而上学的瞬間」[12]（一九三九）の中で述べたように、突然時間が《垂直》的に流れるポエジーの瞬間によって、対象を内在的に知る瞬間があらわれ、《門番》が無力化することも、経験的事実としてあるのである。先の宣長の歌がその好例である。つまり、デリダの言うテクストへの接近不可能性は、絶対的なものではない。門番の力は、テクストへの接近不可能性とも関係するが、その接近不可能性は、直観と想像力によって打ち破られることがあるのである（通常研究者はそうは考えていない、つまり直観と想像力を信じてはいないものである。多くの研究者は、直観的に作品の本質に至ることが経験的にあると知りながら、文学的に無意味な客観性の保証の追求によって、その内在的な知や経験を「主観的である」というレッテルを貼って抑圧してしまうものであるが、しかし「主観的である」とは言っても、主体であり主観の所有者である《私》が研究しているわけであり、これから逃れることは不可能であるため、その抑圧は原理的に意味をなさない。主観的でなく研究すること、《私》を離れて研究することは不可能であり、主観に対して否定的な態度をとることは、客観であることが可能であるという偽りの、単なる教育の成果であり、それはあたかも独裁国家の非民主主義的、閉鎖的教育にも似ている。しかし残念ながら、これが今日の学問的環境であることは疑い得ない）。《掟》に到達する、作品の本質に到達するためには、門によらず、テクストによらず、対象を内在的に知ることである。これはデリダが想定し得なかった文学的事実である。テクストを読まずとも、直観的に理解することは充分にあり得る。バシュラールは、このポエジーの瞬間の例として、ボードレールの散文詩「時計」を例に挙げている。[13] これはボルヘスの《アレフ》であり、[14]《プリズム》であり、ホイットマンのカタログ・スタイルの原型がここにあると言えるだろう。ボードレールは猫の瞳の中に、すべての時を見る。そして、それを記述したのがホイットマンである、とも言えるのである。

テクストへの接近不可能性とは、言語の問題、言葉の問題でもあるが、言葉がヴェール、あるいは寒天質（中島敦）[15]やカーテン（バークリー）[16]、スクリーン（ラッセル）[17]となって、接近を阻むのである。しかしポエジーは、《詩》は、それを打破して直接性を獲得する。直接性の獲得は、ラッセルにとっては「幸福」の獲得とも同一視されているが、直観と想像力によって、この、いわば《掟の門》、テクストの《内部》に入ること、内在的に知ること、《もののあはれ》を知ることは、経験的に可能であると考える。

もちろんこの直接性の問題は、哲学の問題としては、フッサールやハイデガー、またサルトルなどによって考えられてきた問題であるが、我々文学者としては、問題としてではなく、経験としてこれを語ることはできるであろう。デリダはテクストへの接近不可能性というが、《詩》以外にも、日常的にも、接近可能な場合も実はあるのである。例えば、娘が何か悪いことをして帰宅した場合、母親はこれを一瞬見ただけで見抜いてしまう、という場合である。こうした事実を、研究者は「主観的である」などとして退けるのであるが、母親にとっては、それはベルグソンの言う《絶対》であって、そこに主観的であるか客観的であるかという問題はない。そして文学研究者も、その母親のように、研究対象を把握し、研究する作品や作家に対して、《絶対》の境地を得なければならない。それが真の研究である。フッサールは『ヨーロッパ諸学の危機と超越論的現象学』の中で、この客観や実証主義に支配された学問に警鐘を鳴らしている。「もし諸科学がこのように、客観的に確定しうるものだけを真理として認めるのだとしたら、（中略）世界と世界に生きる人間の存在は、はたして本当に意味をもちうるものであろうか」[18]。主観的に、直観で、しかし正確に真理をつかむことも、人間の重要な一つの能力であり、モノとの相互主体的な経験も否定できない事実である。[19]

今日一般に流布している研究とは、時代を超えて支配的なものであった。江戸時代の朱子学がそうであったし、ヨーロッパにおけるスコラ学もまた同じ機能を所持していた。人文主義者たちがそれに反発していたわけであるが、その人文主義者たちとは、トマス・モアやエラスムスたちであった。彼らは西洋における伊藤仁斎であり、本居宣長である。

人文主義者たちがその理想とする文体や人間像からしてスコラ学者のラテン語文章とその生活様式に反発を感じ、唾棄すべきものと考えても不思議ではない。彼らにとってスコラ学者たちの無味乾燥で奇妙な新造語や面倒な弁証にあふれた文章が滑稽なばかりではなく、一種生理的憎悪感を呼びおこすものであったことは想像に難くない。彼らはその嗜好からしてプラトンの文体とその議論を好み、アリストテレスを嫌悪し、アリストテレス主義を基本とするスコラ思想に怖気をふるった。この両者の対立は理性的論理的と言う以上に、むしろ、資質的感覚的レヴェルと言ってよかろう。人文主義者のスコラ的思想や伝統的生活様式に向けられた揶揄と侮蔑のもっとも著名な例のひとつがこの『痴愚礼賛』にほかならない。しかし、人文主義のはげしい罵倒と批判に耐えたアリストテレス・スコラ主義のある部分が少なくとも近代科学思想の形成に重要な役割を演じた事実もまた無視されるべきではないだろう。[20]

朱子学はスコラ学でありアリストテレスである。一方、伊藤仁斎、荻生徂徠、本居宣長は人文主義者でありプラトンである（プラトンの『パイドロス』の文字論は、小林秀雄が指摘するように、宣長の文字論と同じである）。学問領域には、この外在と内在の二つの流派が常にあり、一般に認められるのは前者、外在である。外在的研究は、客観的であることを志向し、証拠を示し、人を説得するものであり、デカルト的であり、見世物であり、レトリックであり、これを行っていれば他人から評価を得られるが、自ら満足し、生きているかといえば、そうではない、ということにもなり得る。一方、内在的研究は自らのためのものであり、これを行っていれば自ら満足し、生きることになるが、他人からの評価が得られる可能性は低いだろう。研究者としては、この二つの道がある。しかし『論語』憲問第十四に「古の学者は己のためにし、今の学者は人のためにす」とあるように、外在的研究、他人のために、ある学問的体系のためになされる研究とは、堕落したものであり、ソフィストの方法であり、レトリックに過ぎないものである。一見それは、証拠集めや論理の構築などによって、「他の研究者の役に立つ」という意味で、利他主義的な方法にも見えるが、それは目に見えるもの、他人からの評価が得やすいものであり、結局のところ名声的であり、利己的なものである。本当の研究とは内在的な研究であって、今日の学問こそは、孔子も述べるように間違った方向を示しており、ゆえに実は異端なのである。

この正統と異端の逆転は、メルヴィルの『詐欺師』*The Confidence-Man: His Masquerade* の冒頭でも描かれている。冒頭に現れる謎の男は石板に

"Charity thinketh no evil."[21]

つまり「愛は悪を考えない」と書くが、船の客はこの言葉を不自然なものと感じる。これは内在性、精神性が、一般には受け入れられないことを意味する。一方、床屋の

"NO TRUST"[22]

つまり「信用貸しお断り」という看板には、一般人＝大衆は、自然なものを感じる。人類愛や博愛、あるいはオリンピックの精神からすれば、床屋の看板は異常であり、謎の男の言葉は称賛に値する。しかし現実には、これが逆転する。もし街中で、「人類はみな愛し合わねばならないのです」と叫び続ける人がいたとしたら、道行く人は、これを変人と考えるだろう。その通りだと、うなずく人は皆無であるに違いない。同じことが研究環境、学者の世界にも起こるのであ

る。この学者、研究者の異常を描くのは次の中島敦である。

ナブ・アヘ・エリバは、ある書物狂の老人を知っている。その老人は、博学なナブ・アヘ・エリバよりも更に博学である。彼は、スメリヤ語やアラメヤ語ばかりでなく、紙草(パピルス)や羊皮紙に誌された埃及(エジプト)文字まですらすらと読む。およそ文字になった古代のことで、彼の知らぬことはない。彼はツクルチ・ニニブ一世王の治世第何年目の何月何日の天候まで知っている。しかし、今日の天気は晴か曇か気が付かない。彼は、少女サビツがギルガメシュを慰めた言葉をも諳(そら)んじている。しかし、息子をなくした隣人を何と言って慰めてよいか、知らない。彼はアダッド・ニラリ王の后(きさき)、サンムラマットがどんな衣裳を好んだかも知っている。しかし、彼自身が今どんな衣服を着ているか、まるで気が付いていない。何と彼は文字と書物とを愛したであろう！　読み、諳んじ、愛撫するだけではあきたらず、それを愛するのあまりに、彼は、ギルガメシュ伝説の最古版の粘土板を噛砕き、水に溶かして飲んでしまったことがある。文字の精は彼の眼を容赦なく喰い荒し、彼は、ひどい近眼である。あまりに眼を近づけて書物ばかり読んでいるので、彼の鷲形の鼻の先は、粘土板と擦れ合って固い胼胝(たこ)が出来ている。文字の精は、また、彼の背骨をも蝕(むしば)み、彼は、臍(へそ)に顎のくっつきそうな傴僂(せむし)である。しかし、彼は、おそらく自分が傴僂であることをしらないであろう、傴僂という字なら、彼は、五つの異なった國の字で書くことが出来るのだが。ナブ・アヘ・エリバ博士は、この男を、文字の精霊の犠牲者の第一に数えた。ただ、こうした外観の惨めさにも拘わらず、この老人は、実に――全く羨ましい程――何時(いつ)も幸福そうに見える。これが不審といえば、不審だったが、ナブ・アヘ・エリバは、それも文字の霊の媚薬の如き奸猾(かんかつ)な魔力の所為(せい)と見做した。[23]

この書物狂の老人は、文字に関することであれば、すべてを知っている、つまり外在的な知識、研究に関しては全知であるが、「息子をなくした隣人を何と言って慰めてよいか」といった他者を内在的に知ること、他者＝対象に《なる》経験を通して、「もののあはれ」を知ることに関しては無知であり無力であることが描かれている。中島敦はここで内在的知と外在的知を見事に描き分けていると考えられる。つまり中島敦は、内在的になれない知識人の弊害について知っていたのである。これについては彼の「虎狩」に詳しい。[24]またこの学者が幸福そうに見えるのはなぜかと言えば、内在的知もなく、愚かだからであろう。エラスムスによれば、人は愚かであればあるほど幸福になれるということであり、[25]また小林秀雄は講演で、「学問をしている奴が一番馬鹿だ」と述べている。[26]一般社会においても、内在的知が全くなければ、それは異常者となるはずであるが、しかし学者の世界では、外在的知だけがあればいいのであり、それが「象牙の塔」というべきものであり、一般常識はそこでは通用しない。優れた学者ほど、一般社会では通用しない非常識人となる。それは学問がそうさせるのである。『今昔物語集』の善澄がそうであった。すべては外在的知のせいである。

ベルグソンや小林秀雄、あるいはボルヘスや中島敦が、なぜ外在的知、外在的研究を危険視したのかといえば、それが人間の正常な精神を破壊するからである。『荘子』外篇天地第十二は、「機械を使えば機械による仕事が生まれ、機械にとらわれる心、すなわち機心が生まれる。そうなると白が白に見えず、精神が不安定になる、という話である」[27]が、この《機械》とは、《文字》

であり《学問》である。これらが内在的に、直接的にモノに《ふれ》ることを妨げるのである。

もちろん哲学の議論としては、モノに直接触れることは理論的に不可能ではないか、私たちはモノを直接見ることはできず、《言葉》を見ているのだ、[28] 直接性は不可能である、それは神話である、ということもあり得る。中島敦にも、

君やわしらが、文字を使って書きものをしとるなどと思ったら大間違い。わしらこそ彼ら文字の精霊にこき使われる下僕じゃ。[29]

という言葉があり、これは、文字＝言葉の存在のために人間がある、ウイルスのため、DNAの進化のために人間がいる、人間とはそれらを乗せて進む船に過ぎない、というような人間存在を相対化させる視点を描いている箇所である。これは後の、『言葉と物』におけるミシェル・フーコーを二十五年以上先取りして、中島敦が書いていることになる。フーコーは人間存在と言葉とが共存することはあり得ない、言葉が存在すれば、《人間》（これは《近代》が発明したものである）は存在しない、と述べている。[30] つまり言葉が存在すれば、人間は存在せず、したがって人間は、モノ、つまり対象に《なる》経験もないことになる。

しかし経験的には、私たちは対象との直接性や絶対を、直観と想像力、対象との長い付き合いの中から経験している、バシュラールが言う時間が《垂直》的に流れるポエジーの瞬間を経験

している、ということも事実なのである。そして詩を研究すること、ことにホイットマンを研究する態度としては、これまで長々と述べてきた状況を理解しておく必要があると考える。ホイットマンは、シュールレアリストではない。ホイットマンは、内在的に知ったことを書いたのであり、その研究方法、方法なき方法は、内在的にホイットマンを知ることである。

外在的方法、調査や分析ばかりやっていると、生からはなれ、文学を、詩を、味わえない体質になっていく。現実に、文学に対する知識は豊富で、留学経験もあり、論文や著書もたくさん書いているが、書くものすべてが文学的感動からは離れており、すべては外在的な知識に過ぎず、秀才なのであろうが異常者だ、という研究者がたくさんいる。それらはすべて「書物狂の老人」の系列に属する人々である。

コンピュータばかりに向かい合っていると、知らず識らずのうちに精神に異常をきたす。外在的研究ばかりしていると内在的に知ることができなくなる。もしそうなったとしたら、詩の研究者としては、致命的であろう。バシュラールのポエジーの瞬間とは、プラトンが述べる「神の狂気」、テイア・マーニアの瞬間である。『パイドロス』によれば、正気の詩は面白くなく、優れた詩には必ず「神の狂気」があるとのことであるが、それは内在性と関係がある。

ホイットマンに限らず、優れた芸術作品には「神の狂気」がある。それは外在的な日常、あるいは学問や知識といったものが、人生の真の姿からみれば無価値であることを教えてくれる。通常の研究者が一生をかけて研究したものは、それが外在的であるならば、いかに評価され、賞を獲得し、勲章を授与されても、無価値である。本質や真理を知らない外在的人間が、外在的人間を評価しているだけの話である。評価する側もされる側も、本質や真理とはかかわっていないのである。モンテーニュは、「われわれの覚醒は睡眠よりも眠っている。われわれの知恵は狂気よりも賢くない」[31]と述べている。真理や本質は内在にあり、《神の狂気》の中にあるのである。

もし誰かが「ホイットマンは、わかった」と言ったとすると、外在的な知識しか信用しない研究者は、彼に狂気を見るであろう。その研究者にしてみれば、ホイットマンについて調べることは無限にあり、その無限の先にしかホイットマン理解はあり得ない。しかしこれまで見てきたように、文学の方法として、彼は根本的に間違っているのである。外在的に部分的研究を重ねても、全体には至らない。ホイットマンの外に向かうのではなく、内在的に「ホイットマンは、わかった」というところまで読み込まなければ（別に読み込まなくても、数行読んだだけでホイットマンの本質を見抜く者はいるだろう）、研究したことにはならないであろう。ホイットマン《について》の知識を調べることは、学問ではなく《物好き》のすることである。同様に中島敦がどんな薬を飲んでいたか、などを調べることは、中島敦の精神とは無関係であり、その文学とも無関係である。織田信長が何を食べていたかの研究が歴史と無関係のように、歴史や文学の問題は常に精神であって、精神の研究であれば、実証主義は無力であり、精神の研究は内在的にならざるを得ないのである。

ホイットマン《を》研究するとは、内在的にホイットマンを知ることである。感じるのではない、知るのである。これは「もののあはれ」を「知る」と言った本居宣長と同じ境地である。真の意味を理解すれば、外在的研究は、外在的であるがゆえに、その対象を研究しなければならない内的必然性は、その研究者の内にはないものである。対象の対象性が、そこにおいては曖昧だからである。なぜホイットマンを研究しているのかを、外在的研究は説明できない。外在的であるのであれば、別の作家でも一向にかまわないはずである。その場合、研究者は、要は分析がしたい、理論や方法で対象を切りたいのであって、対象はどうでもよいのである。書誌学的研究者であれば、要は書誌を作りたいのであって、作家は誰でもよいものである。また大学で教えること、文学の教授になることが目的であった者には、要は学歴と研究業績があればよかったわけで、研究対象はメルヴィルでもエドガー・アラン・ポオでもよいのである。ポオを読まなければ生きていけない、生活ができない、生きる上で困難が生じる、という真の、本物のポオ学者は、実際のところそれほどいないのではないか。要は、そういうことである。

外在的研究、実証主義、外から知ることがなぜいけないのか、といえば、それらが作家の本質を解明するのではなく、逆に隠蔽するからである。真の研究を、客観的な実証主義が遅らせてしまうのである。カミュの『異邦人』を読めば、主人公ムルソーが何をしたか、何を言ったかはわかる。しかし、それらが逆に彼の内面を隠すのである。外形的特徴を詳しく調べることは、その人物の精神を隠蔽してしまう。この方法で文学を研究すれば、ポエジーの瞬間は永遠に訪れないだろう。

最後に"Song of Myself"二十四番からホイットマンの詩を引用する。

I dote on myself, there is that lot of me and all so luscious,
Each moment and whatever happens thrills me with joy,

これこそホイットマンのポエジーの瞬間、内在的に知る喜び、その表現であると考える。外在的研究でこの行を解釈することは、不可能であろう。

また内在性に関しては、"Salut au Monde!"[32]の冒頭の数行を参照すれば、ホイットマンに何が起こっているのかが分かるだろう。

O take my hand Walt Whitman!
Such gliding wonders! such sights and sounds!
Such join'd unended links, each hook'd to the next,
Each answering all, each sharing the earth with all.

What widens within you Walt Whitman?
What waves and soils exuding?

[…]

Within me latitude widens, longitude lengthens,
Asia, Africa, Europe, are to the east—America is provided for in the west,

　これはホイットマンの《創世記》である。ホイットマンは自らの内に、内在的に《世界》を構築していく。カタログ・スタイルとは、《世界》を作り出す過程なのである。そして重要なことは、「光あれ」と言った瞬間に光が生まれるホイットマン的創世記の時空間においては、色即是空、空即是色であること、そこにモノを見た瞬間に空(くう)も見るということ、I hear the workman singing と書いても、workman に the をつけても、すべては《ホイットマン》の内在の出来事であり、実際には何も見えず、workman もおらず、歌声もなく、内在的に生成と消滅が生じている、生成は消滅であり、消滅は生成であるという美学の構築にホイットマンの独創性があるわけであるが、これを理解するためには外在的研究では不可能であり、内在的に《ホイットマン》に響き合うしかない。

注

1　ベルグソン、河野与一訳、『思想と動くもの』、岩波文庫、岩波書店、一九九八年、二四九頁
La première implique qu'on tourne autour de cette chose; la seconde, qu'on entre en elle. La première dépend du point de vue où l'on se place et des symboles par lesquels on s'exprime. La seconde ne se prend d'aucun point de vue et ne s'appuie sur aucun symbole. De la première connaissance on dira qu'elle s'arrête au *relatif*; de la seconde, là où elle est possible, qu'elle atteint l'*absolu*.
(Henri Bergson, *Œuvres*, Presses Universitaires de France, 1959, 1393)

2　『小林秀雄全集第十二巻』新潮社、平成十三年、三九〇頁　なお同全集からの引用に関しては、本稿においては表記を現代風に適宜改めてある。

3　「審美学的・批評的な物はできるだけ読まないようになさって下さい、――それは生命の涸渇した冷酷さのなかで化石したような、無感覚な党派的見解か、さもなければきょうはこの意見、あすはその反対の意見が勝ちを占めるといった調子の、器用な言葉の遊戯に過ぎません。芸術作品は無限に孤独なものであって、批評によってほど、これに達することの不可能なことはありません。ただ愛だけがこれを捉え引き止めることができ、これに対して公平であり得るのです。」
ライナァ・マリア・リルケ、高安国世訳、『若き詩人への手紙・若き女性への手紙』、新潮文庫、新潮社、令和二年、二十四―五頁
リルケにおいて「批評」とは、外在的知識であり、「愛」とは内在的なものである。

4　『小林秀雄全集第十二巻』、三九四頁

5　諸坂成利、『虎の書跡――中島敦とボルヘス、あるいは換喩文学論――』（水声社、二〇〇四）等を参照の

こと。

6 『小林秀雄全集第十四巻』、新潮社、平成十四年、三二四頁

7 ボルヘス、鼓直訳、『伝奇集』、（岩波文庫）、岩波書店、一九九三年、五八―九頁

8 小林秀雄、国民文化研究会・新潮社『学生との対話』、新潮社、二〇一四年、一一四頁

9 Benedict Spinoza, *Ethics*, trans. by W. H. White, revised by A. H. Stirling, with an intro. By Don Garrett, Wordsworth, 2001, 81

10 ジャック・デリダ、三浦信孝訳、『カフカ論「掟の門前」をめぐって』、朝日出版社、一九八六年、七―一〇頁　なおこの翻訳は、デリダ等の共著、*La faculté de juger*, Les Ēditions de Minuit, 1985 所収の Jacques Derrida, "Préjugés: Devant la Loi," の翻訳であるが、原書の八七から九九頁までは訳出されていない。なお、本文中の翻訳は、筆者のほうで若干修正したところがある。

11 文学研究者においても、ある種のマインドが必要である。筆者は殊に比較文学者には、《コンパラティヴ・マインド》が必要であると以前から考え、これについては、「コンパラティヴ・マインドについて――国際交流の諸問題」というタイトルで講演を行ったことがある（明日香出版社主催特別公開講演会、於：東京・新宿紀伊国屋ホール、一九九一年二月九日および十日）。《コンパラティヴ・マインド》とは簡単に説明すれば、複眼的思考、比較の心であり、相手の立場になって、相手を内在的に理解する直観と想像力、相互主体的な心の在り方である。これがないと比較文学研究は、めちゃくちゃになってしまうのであるが、現実にはほとんどすべての研究が独善的であり、偏見に満ちたものとなっている。比較文学が成功する例は、実は極めてまれなのである。ちなみにフランスにおける比較文学研究は、いかにフランス文学が優れているか、いかにフランス文学が世界の文学に影響を与えているか、という視点から書かれており、

他の各国文学者もまた、そのように自己主張が強く、その点を考慮しただけでも、比較文学が偏見の産物であり、真の《比較》がいかに稀であるかが理解されるだろう。

12 ガストン・バシュラール、掛下栄一郎訳、『瞬間の直観』所収、紀伊国屋書店、一九九七年、一二六頁

13 Les Chinois voient l'heure dans l'œil des chats. [...] ..., au fond de ses yeux adorables je vois toujours l'heure distinctement, toujours la même, une heure vaste, solennelle, grande comme l'espace, sans divisions de minutes ni de secondes, —une heure immobile qui n'est pas marquée sur les horloges, et cependant légère comme un soupir, rapide comme un coup d'œil. [...] «Oui, je vois l'heure ; il est l'Éternité !»
(Charles Baudelaire, *Le Spleen de Paris*, XVI L'Horloge, in Œuvres complètes, I, Bibliothèque de la Pléiade, Éditions Gallimard, 1975, 299–300)

シナ人は猫の瞳に時刻を読む。（中略）私は（中略）彼女〔猫のこと〕の愛すべき両の瞳の底に常に明かに時刻を読む。常に同じ時刻、空間のように空漠、厳粛、偉大な時刻、分のわかちもなく、秒のわかちもなく、——時計の上にしるされていない不動の時刻、しかも溜息のように軽く、目瞬きのように速い時刻を。（中略）『爾り、私は時刻を読んでいる、時はいま永遠だ！』

（ボードレール、福永武彦訳、『パリの憂愁』、岩波文庫、岩波書店、二〇一〇年、五五—六頁）

14 本書第一章を参照のこと。

15 「獅子という字は、本物の獅子の影ではないのか。それで、獅子という字を覚えた猟師は、本物の獅子の代りに獅子の影を狙い、女という字を覚えた男は、本物の女の代りに女の影を抱くようになるのではないか。文字の無かった昔、ピル・ナピシュチムの洪水以前には、歓びも智慧もみんな直接に人間の中にはいって来た。今は、文字の薄被をかぶった歓びの影と智慧の影としか、我々は知らない。近頃人々は物憶え

が悪くなった。之も文字の精の悪戯である。人々は、最早、書きとめて置かなければ、何一つ憶えることが出来ない。着物を着るようになって、人間の皮膚が弱く醜くなった。乗物が発明されて、人間の脚が弱く醜くなった。文字が普及して、人々の頭は、最早、働かなくなったのである。」（傍線部筆者、『中島敦全集』1、筑摩書房、二〇〇一年、三三頁、「文字禍」　なお同全集からの引用に関しては、本稿においては表記を現代風に適宜改めた部分がある。）

「みんなは現実の中に生きている。俺はそうじゃない。かえるの卵のように寒天の中にくるまっている。現実と自分との間を寒天質の視力を屈折させるものが隔てている。直接そのものに触れ感じることが出来ない。はじめはそれを知的装飾と考えて、困りながらも自惚れていたことがある。しかし、どうもそうではないらしい。もっと根本的な・先天的な・ある能力の欠如によるものらしい。」（傍線部筆者、『中島敦全集』1、三八五頁、「かめれおん日記」）

16

In vain do we extend our view into the heavens, and pry into the entrails of the earth, in vain do we consult the writings of learned men, and trace the dark footsteps of antiquity; we need only draw the curtain of words, to behold the fairest tree of knowledge, whose fruit is excellent, and within the reach of our hand.
(George Berkeley, "A Treatise Concerning the Principle of Human Knowledge," in *Principle of Human Knowledge and Three Dialogues between Hylas and Philonous*, ed. by Roger Woolhouse, Penguin Books, 2004, 50　下線部は筆者による)

（天上にまで視野を拡大し、また地の底の底まで探っても、無駄である。学者たちの書いたものを調べあげて、古代人の謎めいた足跡をたどっても、無駄である。私たちに必要なことはただ言葉というカーテンを引いて、知識という最も清らかな樹を見ることである。その木の実は、何よりも素晴らしく、しかも私たちの手の届くところにあるのである。）（拙訳、傍線筆者）

17 One of the worst features of nervous fatigue is that it acts as a sort of screen between a man and the outside world. Impressions reach him, as it were, muffled and muted; ... All this is at bottom a penalty for having lost that contact with Earth of which we spoke in the preceding chapter. (Bertrand Russell, *The Conquest of Happiness*, Intro. By Daniel C. Dennett, Liveright Publishing Corporation, A Division of W. W. Norton & Co., 2013, 77–8　下線部は筆者による)
（神経疲労の最悪の特徴の一つは、それが人間と外界の間の、ある種のスクリーンとしての役割を果たすことである。もろもろの印象は、いわば弱められ、鈍くされて彼に届くのである。……これらはすべて、根本的に、前章で述べた《大地》との接触を失ったことに対する罰なのです。）（拙訳、傍線筆者）

18 フッサール、細谷恒夫、木田元訳、『ヨーロッパ諸学の危機と超越論的現象学』、中公文庫、中央公論新社、二〇二〇年、二二頁

19 『今昔物語集』巻二十九第三十六には、有名な「鈴鹿山に於いて、蜂、盗人を刺し殺しし話」があり、これは商人と蜂との交流、人間の内在的能力を示すものである。《近代》以降、人間は、本来所持していたその能力を著しく退化させたのではないかと考えられる。

20 エラスムス、大出晁訳、『痴愚礼賛　附　マルティヌス・ドルピウス宛書簡』、慶應大学出版会、二〇〇四年、二七八―九頁

21 Herman Melville, *The Confidence-Man: His Masquerade*, ed. by Hershel Parker and Mark Niemeyer, W. W.

Norton & Co., 2006, 11

22 Melville, 12

23 『中島敦全集』1、三三—四頁

24 この点については、前掲書、諸坂成利、『虎の書跡——中島敦とボルヘス、あるいは換喩文学論——』を参照のこと。なお、中島敦の「虎狩」の問題箇所は次の箇所である。

「五六歩あるいた時、その男は私に嗄れた聲で、——私の記憶の中には、どこにも、その様な聲はなかつた——「煙草を一本くれ」と言ひ出した。私はポケットを探して、半分程空になつたバットの箱を彼の前に差出した。彼はそれを受取り、片方の手を自分のポケットに突込んだかと思ふと、急に妙な顔をして、そのバットの箱を眺め、それから私の顔を見た。暫くさうして馬鹿のやうな顔をして、バットと私とを見比べた後、彼は默つて、私が與へたバットの箱をそのまゝ私に返さうとした。私は默つてそれを受取りながらも、何だか狐につまれたやうな腑に落ちない氣持と、又、一寸、馬鹿にされたやうな腹立たしさの交つた氣持で、彼の顔を見上げた。すると、彼は、その時初めて、薄笑ひらしいものを口の端に浮かべて斯う獨り言のやうに言つた。

——言葉で記憶してゐると、よくこんな間違をする。——

勿論、私には何の事か、のみこめなかつた。が、今度は彼は、極めて興味ある事柄を話すやうな、勢こんだせかせかした調子で、その説明を始めた。

それによると、彼が私からバットを受取つて、さて、燐寸を取出すために右手をポケットに入れた時、彼はそこに矢張り同じ煙草の箱を探りあてたのだといふ。その時に、彼はハツとして、自分の求めてゐたものが煙草でなくて燐寸であつたことに氣がついた。そこで彼は、自分が何故、この馬鹿々々しい間違ひをしたかを考へて見た。單なる思ひ違ひと云つてしまへば、それまでだが、それならば、其の思ひ違ひは何處から來たか。それを色々考へた末、彼はかう結論したのだ。つまり、それは、彼の記憶が、悉く言葉によつたためであると。彼ははじめ自分に燐寸がないのを發見した時、誰かに逢つたら燐寸を貰はうと考へ、その考へを言葉として、「自分は他人から燐寸を貰はねばならぬ」といふ言葉として、記憶の中にとつて置いた。燐寸がほんたうに欲しいといふ實際的な要求の氣持として、全身的要求の感覺――へんな言葉だが、此の場合から云へば、よく解るだらう、と、彼はその時、さう附加へた。――として記憶の中に保存して置かなかつた。これがあの間違ひのもとなのだ。感覺とか感情ならば、うすれることはあつても混同することはないのだが、言葉や文字の記憶は正確なかはりに、どうかすると、とんでもない別の物に化けてゐることがある。彼の記憶の中の「燐寸」といふ言葉、もしくは文字は、何時の間にかそれと關係のある「煙草」といふ言葉、もしくは文字に置換へられて了つてゐたのだ。……彼はさう説明した。それが、此の發見がいかにも面白くて堪らないといふやうな話ぶりで、おまけに最後に、かういふ習慣はすべて概念ばかりで物を考へるやうになってゐる知識人の通弊だ、といふ思ひ掛けない結論まで添へた。(「虎狩」七、『中島敦全集』1、一〇〇―一〇一頁)

ここで述べられている「全身的要求の感覚」が、内在的理解、あるいは内在的知、すなわち体得されたものをあらわし、「言葉や文字の記憶」が外在的理解、あるいは外在的知、すなわち習得されたものをあらわしていることは、本文の文脈から明らかであろう。ここはこの男、趙大煥＝知識人が、おのれの知識、学識を自虐的に反省する箇所である。これは中島敦の「山月記」にも見られるテーマであるが、中島敦は、おのれの内に潜む《東京大学》というもの、常におのれの非を認めず、自己正当化し、他者を見下す、安富歩の言ういわゆる《東大話法》、つまり何かに失敗しても、それは君の伝え方が悪いから失敗したのだ、などと常に相手に責任転嫁し、相手を非難・攻撃して自己を守る言い方等に気づいており、考え得る諸理由から、こういった発想に時として陥ってしまう《私》をモンスター＝《虎》と考えていた。《虎》とは岸田秀のいう「官僚病」であり、《東大話法》である。二〇一九年（平成三十一年）四月十九日に東京都豊島区東池袋四丁目で発生した、いわゆる東池袋自動車暴走死傷事故で飯塚幸三（当時八十七歳）は、松永真菜（まな）さん（当時三十一歳）と長女莉子（りこ）ちゃん（当時三歳）を轢き殺し、それを含む十一名を死傷させたが、《東大話法》を駆使し、おのれの非を認めず、自己正当化し、事故の原因を、運転していた自動車の機械的なトラブルであると責任を転嫁した。機械的なトラブルがないことが分かると、なおもおのれの非を認めず、「機械の場合、故障があっても再起動すると直る場合がある」などと訴え、事件発生時に本当に機械的なトラブルがあったことを主張している。「自分は加害者ではなく、むしろ被害者なのだ」というのは《東大話法》の常套句であるが、中島敦は自分の内部にも、《東大》であるがゆえに、このような発想があることに苦しんだのではないか、ということは内在的に理解できる。《東大話法》が中島敦の内部になければ、「虎狩」のこの書き方、あるいは「山月記」のテーマはなかったのではないか、と考えられるからである。その意味で、中島敦は良心的な人であったと考えられる。おのれの内なる《東大》に悩まない人がほとんどではないだろうか。そして《東大》とは、外在的な知識の象徴である。岸田秀によれば、官僚病の起源は戦前の軍部にあるとのことであるが、アメリカに敗北したこの日本の戦前の軍部もまた、外在的知識の象徴であり、モンスターであり、内在的に理解することをやめるとどうなるかの、ひとつの物語となっていると考えられる。古参の兵士が若い将校に、「その作戦には無理があると思います」と言っても、将校にはメンツがあり、一度自分が決めた作戦を変更することはない。そこで兵士が大量に死ぬことになる。このシステム上に外在的研究もある。軍部は兵士を、官僚は国民を、学者は作品を、内在的に考えないものである。軍部や官僚や学者が重んじるのはメンツであり、メンツのためであれば、兵士や国民や文学的真実を犠牲にするのである。また東池袋自動車暴走死傷事故の飯塚幸三は、「虎狩」の趙大煥がタバコとマッチを間違えたように、外在的知識に支配された人間らしく、アクセルとブレーキを間違えたのではないか、ということも容易に考えられる。「言葉で記憶してゐると、よくこんな間違をする」のは、外在的に考える人間の特徴、学者の特徴である。「言葉で記憶してゐる」のは《東大》の習性である。「言葉で記憶してゐる」というのは、まさに外在的にしか理解していない、内在的に体得していない、体で反応するようになっていない、ということである。東池袋自動車暴走死傷事故の原因は、外在的知であり、今日の学問であり、《文字》のもたらす禍に他ならない。文学における外在的研究が、現実に人を殺すことはないと考えるが、それに匹敵するともいえる害を、人間の精神にもたらしていることを中島敦は考えたのである。そして小林秀雄が、「学問をしているやつが一番馬鹿だろ、君、そう思わない」と述べた、その馬鹿の意味こそが、内在的に考えないことであり、外在的知であり、《文字禍》なのである。その意味で、飯塚幸三も《文字》の犠牲者だと言える（また「犠牲者」と言えば、一般大衆もそうである。一般大衆は、このような悲惨なニュースをテレビで見ても、内在的に見ないことが習慣化されており、誰も夫である「松永さん」の身になって考えず、涙も流さない。これは一般大衆が皆インテリになってしまった、知識人になってしまったことの表れである。一般大衆も《文字禍》から逃れることはできない。ホセ・オルテガ・イ・ガセットが考えたことも、小林秀雄が考えたことも、これと同様のことであった）。中島敦は「かめれおん日記」のなかで、自分について自虐的に語っている。「何一つ本当には自分のもの」がない、つまり内在的に理解しているもの、体得しているものがないと嘆き、自らをイソップ童話に出てくるおしゃれ鴉になぞらえ、「レヲパルディの羽を少し。ショペンハウエルの羽を少し。ルクレティウスの羽を少し。荘子や列子の羽を少し。モンテエニュの羽を少し。何といふ醜怪な鳥だ」（『中島敦全集』1、392–3）と述べている。すべてこれは鴉の外面であり、外在的な知識の象徴である。またさらにこの外在と内在について補足的に説明をすれば、中島敦が内在について「全身的要求の感覺」と述べているように、内在とは感覚であり、感覚とは体が覚えているもの、体得されたものであるということである。飯塚幸三が、アクセルとブレーキを間違えたとすれば、それは外在的知の衰え、つまり《頭》がぼけているからではなく、逆に、体が、内在的知が衰えたからであると判断すべきである。直観と想像力、内在的理解は、したがって体力に関係しており、体力を要するものである。体力が衰えれば、他者のことを考えたくない、と思うようになり、外在的なものが重要と思えるようになり、そこでブレーキとアクセルを間違えるなど致命的な過ちを犯すようになるのである。詩を内在的に理解すること、繊細さを維持することには若々しさや体力が必要であるとも言い得るのである。

25 ロランス・ドヴィレール、久保田剛史訳、『思想家たちの一〇〇の名言』、白水社、二〇一九年、七〇頁

26 小林秀雄、『小林秀雄講演【第一巻】文学の雑感〈講義・質疑応答〉』（昭和四十五年八月九日、於：長崎県雲仙、社団法人国民文化研究会主催夏季学生合宿教室）、新潮社、二〇〇四年

27 諸坂、「機心について」、『文藝家協会ニュース』、日本文藝家協会、二〇一九年四月号

28 諸坂、『中島敦「古譚」講義』、彩流社、二〇〇九年を参照のこと。

29 『中島敦全集』1、三六頁

30 Mais il se peut aussi que soit à jamais exclu le droit de penser à la fois l'être du langage et l'être de l'homme; il se peut qu'il y ait là comme une ineffaçable béance (celle en laquelle justement nous existons et nous parlons), si bien qu'il faudrait renvoyer aux chimères toute anthropologie où il serait question de l'être du

langage, toute conception du langage ou de la signification qui voudrait rejoinder, manifester et libérer l'être proper de l'homme. C'est peut-être là que s'enracine le choix philosophique le plus important de notre époque. Choix qui ne peut se faire que dans l'épreuvre même d'une réflexion future. Car rien ne peut nous dire à l'avance de quell côté la voie est ouverte. La seule chose que nous sachions pour l'instant en toute certitude, c'est que jamais dans la culture occidentale l'être de l'homme, et l'être du langage n'ont pu coexister et s'articuler l'un sur l'autre. Leur incompatibilité a été un des traits fondamentaux de notre pensée.
(Michel Foucault, *Les mots et les choses: Une archéologie des sciences humaines*, Gallimard, 1966, 350)

しかしまた、言語の存在と人間の存在とを同時に思考する権利は、永遠に排除されているのかもしれない。そこには、消去しがたい開かれた空間のようなもの（そのなかでまさしくわれわれが実存し話している）があるのかもしれない。とすれば、言語の存在が問題となるようなすべての人間学、人間固有の存在に達し、それを明らかにし、解放しようと望むであろう言語もしくは意味作用についてのすべての考え方は、妄想として片付けられなければならなくなるだろう。我々の時代のもっとも重要な哲学的選択が根付くのは、おそらくそこなのである。その選択こそ、未来の反省の試練そのもののなかでのみ行われ得るのだ。なぜなら、何ものも我々に対して、あらかじめ、道がどの側に開かれているか言うことはできないからである。さしあたり、全く確実なこととして我々の知っている唯一の事柄と言えば、西欧文化の中で、人間の存在と言語の存在が共存して、たがいに連接しあうことは決してできなかったという一事にほかならぬ。二つのもののこの非両立性こそ、我々の思考の基本的特質のひとつであったのだ。
（ミシェル・フーコー、渡辺一民、佐々木明訳、『言葉と物——人文科学の考古学』、新潮社、一九七四年、三六〇頁）

31 モンテーニュ、原二郎訳、『エセー』(三)、岩波文庫、岩波書店、二〇〇六年、二五五頁

32 “Salut au Monde!” というタイトルの日本語訳として、岩波文庫版では、「こんにちは世界くん」となっているが、“Salut!” はまた別れの挨拶でもあるので、この訳には問題があるだろう。要は挨拶の言葉で、出会いにも別れにも使うので日本語訳はできないということになる。また Monde には「人々」という意味もあり、Salut には「栄あれ」という意味もあるので、“Salut au Monde!” を「すべてのものに幸あれ!」、あるいは「世界に万歳!」などと意訳することも可能ではないかと考えられる。“Salut au Monde!” を英語で考えれば、“Hellow to the World!” であって、“Hellow, the World!” ではないので、「こんにちは世界くん」という訳は不正確ではないかとも考えられる。またネットによる検索では、これまで誰もホイットマンとの比較を試みたものがいないようであるが(二〇二一年八月現在)、“Salut au Monde!” の、ある仕方での同質の表現として、一九七〇年の日本万国博覧会(大阪万博)のテーマソングとして一九六七年一月に発表され、三波春夫、坂本九、吉永小百合などによって歌われた「世界の国からこんにちは」(作詞:島田陽子、作曲:中村八大)は考えられてよい素材であると考える。歌詞は次のとおりである。

こんにちは こんにちは 西のくにから
こんにちは こんにちは 東のくにから
こんにちは こんにちは 世界のひとが
こんにちは こんにちは さくらの国で
一九七〇年の こんにちは
こんにちは こんにちは 握手をしよう

こんにちは こんにちは 月へ　宇宙へ
こんにちは こんにちは 地球をとび出す
こんにちは こんにちは 世界の夢が
こんにちは こんにちは みどりの丘で
一九七〇年の こんにちは
こんにちは こんにちは 握手をしよう

こんにちは こんにちは 笑顔あふれる
こんにちは こんにちは 心のそこから
こんにちは こんにちは 世界をむすぶ
こんにちは こんにちは 日本の国で
一九七〇年の こんにちは
こんにちは こんにちは 握手をしよう
こんにちは こんにちは 握手をしよう

これは確かにホイットマン的ではあるだろう。しかし注意しなければならないのは、この歌詞は現実的、外在的なものであるのに対して、ホイットマンの世界は内在的なものである、ということである。本文の引用からも分かるように、ホイットマンは自らの内部を広げて世界を作っている。ホイットマンの世界とは、いわば《植物人間ホイットマン》によって夢見られた世界に他ならない。現実の、実際のホイットマンは、カリフォルニアにもプラット峡谷にも行ったことはないのである。ホイットマンの《世界》は「かつ消えかつ結びて、久しくとどまりたるためし」（『方丈記』）がない、そこにホイットマンの本質的な美学がある、と言って良いのかもしれない。

跋

まず各章の初出について説明する。

第一章「ボルヘスとホイットマン」は、日本ホイットマン協会第四十五回全国大会（青山学院大学、二〇〇七年十月二十七日）で、同名のタイトルで行った口頭発表の原稿を加筆・修正し、同じタイトルで『ホイットマン研究論叢』第二十四巻（日本ホイットマン協会、二〇〇八年九月十日）に発表した論文を、今回さらに加筆・修正したものである。

第二章「ホイットマン研究の可能性」は、日本ホイットマン協会第四十七回全国大会（日本大学法学部、二〇〇九年十月二十四日）で、同名のタイトルで行った特別講演の原稿を加筆・修正し、同じタイトルで『ホイットマン研究論叢』第二十六巻（日本ホイットマン協会、二〇一〇年九月十日）に発表した論文を、今回さらに加筆・修正したものである。

第三章「"The Sleepers"について」は、日本ホイットマン協会第五〇回記念全国大会（日本大学法学部、二〇一二年十月二十七日）で、同名のタイトルで行った特別講演の原稿を加筆・修正し、「"The Sleepers"について――文学研究、そしてホイットマンと仏教、特に華厳経の「一即多」から――」というタイトルで、『ホイットマン研究論叢』第二十九巻（日本ホイットマン協会、二〇一三年九月二十日）に発表した論文を、今回さらに講演原稿を参照しながら、大幅に加筆・修正したものである。

第四章「ホイットマンにおけるPrudence――日本ホイットマン協会創立五〇周年を記念して――」は、日本ホイットマン協会第五十二回創立五〇周年記念全国大会（日本大学法学部、二〇一四年十月二十五日）において、「ホイットマンにおける《慎重さ》について――"Song of Prudence"から、あるいはトマス・アクィナスの存在論をめぐって――」というタイトルで行った講演原稿を、加筆・修正し、「ホイットマンにおけるPrudence――日本ホイットマン協会創立五〇周年を記念して――」というタイトルで、『ホイットマン研究論叢』第三十一巻（日本ホイットマン協会、二〇一五年九月二十日）に発表した論文を、大幅に加筆・修正を施したものである。

第五章「ホイットマン"Song of Myself" 32番の間テクスト的考察」は、『桜文論叢』第一〇〇巻（日本大学法学部機関誌編集委員会、二〇一九年九月二十七日）に発表した同名の論文を加筆・修正したものである。

第六章「ホイットマンに嚮き合う――ベルグソン、小林秀雄、カフカ、中島敦、ボルヘスらに学んで――」は、「文学研究における直接経験と間接経験――ベルグソン、ボルヘス、小林秀雄、カフカなどから」というタイトルで、日本ホイットマン協会第一回例会（Zoomによる開催、二〇二一年六月二十七日）において発表したものを加筆・修正し、第六章と同名のタイトルで『ホイットマン研究論叢』第三十七巻（日本ホイットマン協会、二〇二一年九月二十六日）に発表した論文を、今回さらに加筆・修正したものである。

このように見ていくと、二〇〇七年から十六年の長きにわたってホイットマンについて考えてきたわけであるが、ここには私が私を見出していく過程が描かれていると思う。第一章を、現在の地点から全面的に書き直すことも可能であったが、それはやめて、私は痕跡を残すことを選んだ。読者が本書を読み、その痕跡を辿ってくれれば、ひとつの精神の軌跡を旅することになるだろう。そのため講演原稿は講演のスタイルを、論文として発表されたものはそのスタイルを残すことにした。そしてその旅の出発点は、最終地点に至ってあまり変化していない、むしろ出発点に戻ったかの印象を持つであろう。ホイットマンに響き合い、その顔を長年眺めていると、それがいつの間にか、おのれの顔に変貌していることに気づき、驚くのである。

本居宣長は、『紫文要領』の奥書に、

「右紫文要領上下二巻は、としころ丸か心に思ひよりて、此物語をくりかへし心をひそめてよみつゝかむかへいたせる所にして、全く師伝のおもむきにあらす、又諸抄の説と雲泥の相違也、見む人あやしむ事なかれ、よくよく心をつけて物語の本意をあちはひ、此草子とひき合せかむかへて、丸かいふ所の是非をさたむへし、必人をもて言をすつる事なかれ、かつ文章かきざまは〔な〕はたみたり也、草稿なる故にかへりみさる故也、かさねて繕写するをまつへし、是又言をもて人をすつる事なからん事をあふく、とき〔に〕宝暦十三年六月七

日　舜菴　本居宣長（花押）」

（『本居宣長全集　第四巻』、筑摩書房、平成元年、一一三頁、一部変更、また一部表記を現代風に改めてある）

と書いた。筆者の心は、今、宣長のそれと重なっている。「全く師伝のおもむき」ではないことは、本書も同じである。しかし真のアカデミズムは、私や宣長のほうにあるのであって、江戸の当時も今も、主流的な学界の在り方のほうが間違っているのである。

宣長はここで、読者へのお願いを書いている。私も同じお願いをここでする。本書は私が長年精魂と叡智をかたむけ、時間をかけてホイットマンを読んできた結果であって、通常の論文の形態を逸脱しているところがあり（これは各方面から好評だった『中島敦「古譚」講義』も同じスタイルである）、他のホイットマン論とは「雲泥の相違」であるが、「見む人あやしむ事なかれ」と申し上げたい。本書を熟読して「是非」を定めてほしい。本書が述べるところは「正論」であり、多くの文学研究者にとっては、「耳が痛い」話となるだろう。それは今日の学者が「信」を失っているからである。小林秀雄も、今日のインテリは「信ずる力を失っている」と講義（『信ずることと考えること』）で述べている。今日の学者は疑うこと、問うことばかりではないか。「信」とは世に勝つ力である。もちろん学問において「問」は、孔子が『論語』衛霊公第十五に書いたように重要である。しかし「信」がなければ、学者として人間として根無し草であろう。

ホイットマンの本質は、梵我一如の喜びである。すべてが宇宙とつながっていること、いわば悉有仏性（《仏》というわけではないが）であり、それを知ることが「もののあはれを知る」ことであり、ホイットマンはそれを知っていた。その意味でホイットマンは、『源氏物語』を読む宣長を読んでいた、とも言えるのである。人は実際に手に取って読む本だけを読むのではない。

最後に、今回の出版にあたっては、大空社出版株式会社・代表取締役社長、鈴木信男氏に大変お世話になった。心より感謝を申し上げる次第である。鈴木氏とは、筆者が早稲田大学比較文学研究室の助手であった頃からの付き合いであり、そのころから大変お世話になった。氏はその当時、名著普及会に勤務されていた。名著が出版した *Century Dictionary* や斎藤秀三郎の辞書・著作には、いまだにお世話になっている。今回の出版もまさに《縁》の賜物であり、運命の不思議に驚かざるを得ない。

著者識

二〇二三年十月二十四日
（小林秀雄没後四十年の年に）

著者について　諸坂 成利（もろさか・しげとし）

一九五八年十二月十二日、東京生まれ。早稲田中高等学校、早稲田大学（首席卒業）を経て、早稲田大学大学院文学研究科英文専攻博士後期課程修了。在学中に英語、フランス語はもとよりスペイン語（Juan Navarro先生に師事）、ペルシャ語（James Edward Fegan 先生に師事）、ギリシャ語（引地正俊先生に師事）、サンスクリット（初級・中級を長柄行光先生、上級を伊藤瑞叡先生に師事）、古英語（小黒昌一先生に師事）その他ラテン語、ロシア語など諸外国語を比較文学研究のために学ぶ。早稲田大学比較文学研究室助手、その後、麗澤大学国際経済学部助教授。麗澤大学では、英語、スペイン語、比較文学を教え、その在職中の九年間は、麗澤大学フィルハーモニー管弦楽団の指揮者をつとめ、團伊玖磨作曲、交声曲『稀人』などを指揮する。ほかに東進ハイスクール初代英語講師、旺文社大学受験ラジオ講座講師（英語、文化放送）などをつとめる。現在、日本大学法学部教授（英語）、神奈川大学外国語学部非常勤講師（英語圏文学）。

著書に作曲集 *On the Man in Polyester Suit* (Editions de la rose des vents, 1989)、また四十五歳の時に出版した『虎の書跡——中島敦とボルヘス、あるいは換喩文学論』（水声社、二〇〇四）により、第九回日本比較文学会学会賞、第一回国際文化表現学会賞を受賞。『中島敦「古譚」講義』（彩流社、二〇〇九）により、第六回国際文化表現学会賞を受賞。小説集『空の木』（彩流社、二〇一二）。主要論文："The Haunted Graph: *Signifiant* Studies of Nakajima, Borges, and Nabokov"(*Comparative Literature Studies*, vol.41, No.4, 2004, The Pennsylvania State University) その他、著書、論文、講演など多数。現在、日本ホイットマン協会会長、日本アメリカ文学会会員、日本文藝家協会会員。

——

〚た〛

索 引

nは注番号を示す。

ホイットマンに響（む）き合う
ホイットマン論攷集

発行　2024年3月3日　初版

著者　諸坂成利

発行者　鈴木信男
発行所　大空社出版　www.ozorasha.co.jp
東京都北区中十条 4–3–2（〒114–0032）
電話 03–5963–4451
印刷・株式会社栄光　製本・株式会社新里製本所

ISBN978-4-86688-237-6 C3098
定価（本体 2,800 円＋税）